# 無貌の神



恒川光太郎

角川文庫
22131

# 目次

# 無貌の神

世界から見捨てられたような場所だった。

数軒の茅葺《かやぶ》きの家が軒を並べていた。

深い森に抱かれた小さな集落で、陰気な人たちが住んでいた。

私はいつ自分がその集落にきたのかよくわからなかったし、またそこにくる以前にどこにいたのかも、はっきりとわからない。

ただ、以前住んでいたところは、ここよりも遥《はる》かに大きな建物が聳《そび》え立つ町だった。記憶のなかでは、その町は燃えていた。泣きながら逃げる悪夢をよく見た。きっと何もかもを失い、さ迷っているうちに、いつのまにかここにきてしまったのだろう。

茅葺きの屋根の下には、畳も筵《むしろ》もなかった。土の上に曖昧《あいまい》に板を敷いたりしてあった。

陽射しが暑い時、じっと日陰で時を過ごした。

雨が強く降る時、じっと屋根の下で雨を眺めた。

与えられた仕事はなく、義務もなかった。

そこの住人はみな、特に目的を持たず、襤褸《ぼろ》布を纏《まと》い、獣のように、のっそりと生きていた。

私は川の水を飲み、川魚をとり、山菜を毟《むし》って食べた。荒れた畑に芋が埋まっており、勝手にとってよかった。

秋が深まると、冬ごもりの準備で魚を干し、芋や、茸《きのこ》や、木の実や薪を集めた。

冬になると、雪に閉ざされた。

春がくるまでひたすらに眠った。

私はその集落では珍しい子供で、私以外はみな大人だった。

一人の陰気な女が、同じ屋根の下に暮らしていた。名をアンナといった。歳の頃はわからない。大人の女だった。

ここでの暮らし方を教えたのはアンナだった。食べられる山菜も、芋も、泉の場所も全部アンナに教わった。アンナは冬の寒い夜には、炎を前にして、私を抱きしめたりした。

私はアンナのことが好きであった。

アンナは、ごく稀《まれ》に、口の端に笑みを浮かべた。そんなときは、私も嬉《うれ》しかった。

私はアンナ以外とは誰ともあまり話さなかった。

私だけがそうなのではなく、そこに住む連中が、互いに会話をしたり、一緒に遊んだりしているところを滅多《めった》に見なかった。みなお互いに無関心だった。また、みな無気力で、争いも起こらなかった。

道の先には古寺があり、そこに、顔のない神が坐《ざ》していた。

顔がない、というのは、のっぺらぼう、という意味だ。目鼻も耳も口もない。

顔のない神は、輝きを放っていた。

身につけているのは百万もの色彩を放つ光の衣だった。それが実体のある衣服なのかどうかは触れたことがないのでわからない。

顔のない神は、この見捨てられた世界の中心だった。

その中心を囲むようにして、万物があると、私は感じていた。

顔のない神は、傷を癒《いや》す力を持っていた。

傷を負ったり、病になったりした場合、顔のない神のすぐ近くによれば、傷は癒え、病は治る。

私は何度か怪我をしたとき、顔のない神のそばにいった。

顔のない神が発する光を浴びていると、ぼうっと身体全体が温かくなり、同時に眠気ともなんともいえない、熱い乳を飲んで冬の火鉢の前でまどろんでいるような至福の状態になる。

そして気がつけば、傷は癒えていた。

熊や、猪が、古寺にいくのを見かけることもあった。

いずれも病や傷を癒しに向かっているのに違いなかった。

アンナは、私が顔のない神のところにいくことを好ましいとは思っていなかった。

いつだったか、顔のない神のそばで眠っていたら、アンナに凄《すさ》まじい勢いで引き離され、身体を揺さぶられ、頬を叩《たた》かれたことがある。

いけないことをしたのだな、とは思ったものの、何がいけないのかは、そのときはよくわからなかった。

どの家も、垣根や壁といったものはなかったし、そのまま通りに開かれていた。

だから家の中で寝そべっていれば、外が見えた。

ある日、軒下でじっと通りを眺めていると、一人の男がふらつく足取りで家の前を通り過ぎていった。

彼は、この集落の住人だった。とはいっても他の人間と同じく、ほとんど交流のない他人だった。ぼたり、ぼたりと血を流していた。

どうも、何か動物にやられたようだ。熊か猪か。よく見ると全身傷だらけで、額もざっくりと切れており、腕や足を血がつたっていた。どこかから滑落したのかもしれない。

彼は道の先の古寺に向かって進んでいく。

私は軒下からでると、跡をついて歩いた。

あれほどの傷が癒えるところを見物したかった。

いつものように古寺に、顔のない神はいて、輝きを放っていた。

傷ついた男は、百万もの色彩を放つそれのそばに腰を下ろすと、うずくまった。

私は特に怪我をしているところはなかったが、心地よさを求めてそばにいこうかしら、と思った。

だがアンナに怒られたことを思い出し、建物の中には入らなかった。

血を流した男は半眼でじっとしていた。

すると、不意に輝く神の身体が伸びたのだ。

顔が膨張した。

のっぺらぼうの顔に、大きな空洞が現れ、にゅろん、と寝そべっている男に覆いかぶさり、男の頭を吸いこんだ。

私は呆然《ぼうぜん》と立ちすくんだ。

男の頭は顔なき神の口の中に入ってしまい、首から下だけが見えている。脚がばたり、ばたり、と力なく動いている。

うわばみ。

うわばみが、人間を頭から丸のみにする。

今にして思えば、そういう図だった。

男の身体はずるり、ずるりと輝く神の内部に吸いこまれていった。

最後には完全に喰《く》われてしまった。

顔のない神は、太っていた。人間を一人飲みこんだのだから、当然だ。

私の動悸《どうき》は激しくなり、息が苦しくなった。

顔のない神は、消化中の蛇のように、じっと古寺に坐して動かなかった。

――顔のない神は、喰う。

目の当たりにした事実であった。

いったん知ってしまえば、それは自明のことのように思えた。

生き物は生き物を殺して生きている。我々に君臨している生き物が、我々を喰ったところでなんの不思議があろう。

アンナが何故、あれほど凄《すご》い形相で、私の頬を張ったのかも、理解した。アンナは私が食べられてしまうことを危惧《きぐ》していたのだ。

以後、顔のない神に対する見方は変わった。

ただ温かいだけではない。あれは危険な温かさなのだ。

真夜中に目を覚ますと、あれが寝ている自分をのぞきこんでいる。逃げようとしても逃げられない。ゆっくり喰われる——そんな悪夢にうなされた。

だが、顔のない神が世界の中心であるという感覚は変わらなかった。

ある日のことだった。

アンナは私を連れて、森の中に入った。アンナは道に詳しかった。

長い下り坂をおりると、森が開け野原になり、その先に深い谷が待っていた。

絶壁で、底が見えないほどに深い。白い霧だか雲だかが、のぞきこんだ谷の下に立ちこめている。

「千尋《せんじん》の谷だ。地獄まで続いているともいう。おりたものはいない」

向こう岸に渡るための、赤い橋がかかっていた。向こう岸は遥か遠くだった。

アンナは赤い橋を示した。

「おまえは渡っていけ」

「何があるの？」

「ここは本来おまえが来るべき土地ではない。赤い橋の向こう。みな夢見る場所だ。あそこは夢の向こう側の土地。おまえがここにくる前にいた場所か。ここは――忘れ去られた禁断の地。向こうには、ここよりきっともっとましな世界があるに決まっている。こんな土地は棄てていけ」

「一緒にいく？」

「私はいかない。いけないんだ」

「じゃあ、厭《いや》だよ」

私は赤い橋を見た。少し奇妙な橋だった。ものすごく長い。だが、支柱はなく、吊《つ》り橋のように支えは崖《がけ》側についているだけ。どこかぼんやりしていて、塗装は剝《は》げてもいない。

「いいからいくんだ」

私は首を横に振ってしゃがみこんだ。厭だ。

ここは良い場所だ。雨露を凌《しの》げる家もあるし、食物もなんとか手に入るし、死の危険を冒せば、怪我や病気だって神の力で治るのだ。ここを離れてよそで暮らせというのは、死ねといっているのに等しい。そもそもなんで命令するんだ。

「おまえにこの先にいって欲しいんだ。おまえがいたころは、酷《ひど》いところだったが、今はもう変わっているかもしれない。おぼえているか」

私は目を瞑《つむ》った。燃える町。地獄。泣き叫ぶものたち。飢え。逃げてきたのではなかったか。

「橋に見おぼえはないか」

「わからない」

私はたぶんこの橋を渡ってここにきたのだ。

「おぼえていないのだな。とにかく、もう戻るべきだ。帰る時期だ」

「いやだ」

「今はきっと良くなっている」

アンナは辛抱強く私にいった。

「私がおまえだったら、そうしている。そうしたい。私がおまえだったら」

「だったらあなたが一人でいけば？」

「いけないんだ」アンナは静かにいった。「おまえもいずれわかる。そうなってからではもう……」

私は首を横に振った。しゃがみこんで草を毟った。

一瞬見上げたアンナの眼差《まなざ》しに、諦《あきら》め、もしくは深い絶望のようなものが浮かんだのをよくおぼえている。

アンナは私をそこに残して、ふらふらと戻っていった。

家に戻ると、また今まで通りアンナと一緒の暮らしが始まった。

アンナはどこに隠していたのか、刀を取り出した。

小太刀である。

アンナは森の中で刀を振り始めた。

私が眺めていると、危ないので離れているようにといったが、見ていること自体は許してくれた。

素人目にも、その振り方は堂に入《い》っていた。

ひゅん、ひゅんと刃が空を斬る。

かつて鍛錬をしたことがあるのは明らかだった。

よく晴れた秋の日だった。

アンナは刀を研ぎ終わると、私に籠《かご》を渡し、森の外れに群生している野苺《のいちご》を集めてくるように頼んだ。

私は頷《うなず》くと外にでて、野苺のある場所にはいかずに、樹の陰から、家の前の通りを見張った。

予感した通りに家からアンナがでてくる。

アンナは刀を布に包んで抱えていた。

私は跡をつけた。

アンナの向かう先は古寺だった。


顔のない神は、いつものように光を放って坐していた。

アンナは怪我をしているかのように、ふらふらと足を引き摺《ず》るようにして近づくと、はらりと布をとり、抜き身の刀を取りだすや否や斬りつけた。

顔のない神が悲鳴をあげた。人間の悲鳴ではなかった。

私は目を見開き、荒い息をついた。

激しい戦いだった。

アンナは顔のない神と渡りあい、次から次へと攻撃を続け、最後にはその首を刎《は》ねた。

凄まじい光が放たれた。

顔のない神の光の衣は、無数の火花となった後、消えた。

残ったのはぼうっと発光する、餅《もち》のような、すべすべとした、ぼってりとした塊だった。

じっと見ているうちに私の喉《のど》が鳴った。

私は木陰からでると、そろそろと古寺に入った。

顔のない神の屍《しかばね》は、とても美味《うま》そうだった。

何か脳の奥が痺《しび》れていた。食べたい。あれを食べたい。私はアンナをちらりと見た。

倒したのはアンナなのだから、あの屍の権利はアンナにある。

アンナは刀を手にしたまま坐し、眼を瞑って荒い息をついていた。

私が一歩進むと、眼を開き、「駄目」といった。「なんで、ここにいる？　お願い。どこかにいって。お願いだから」

私は足をとめた。

アンナが目を開くのを待っていると、どこからともなく、猿が現れ、顔のない神の屍を食べ始めた。

続いて、顔のない神の死を察知したのか、集落の男や女がぞろぞろと現れ、猿を追い払うと、肉を前にした犬のように、屍に群がり、手で屍をちぎってむさぼり食べ始めた。

アンナは、自分はその食事に加わらずに、どこか感情のない冷えた目で眺めていた。

——早く食べなくてはなくなってしまう。

私も意を決し、屍に向かった。

「あなたは駄目。戻れなくなる」

アンナはまた掠《かす》れた声でいった。

みんな食べているのに、駄目なことがあるか。順番でいえば、一部始終を見ていた私が先のはずだ。

私はアンナの言葉を無視して、他の人の隙間にもぐりこみ、光る餅――顔のない神の屍をちぎりとると、その場を離れた。

口にした。

その瞬間、涙が溢《あふ》れた。

慈愛。

それがその食べ物の味だった。

それが喉をするりと通った時、体中を心地の好《よ》いものが駆け巡った。臓腑《ぞうふ》がぼうっと温かくなった。

柔らかくて、こってりとしていた。似ているものを探せば、バターと餅の中間ぐらいの食感だ。獣臭さはなく、清涼で奥が深い。何度も何度も食べたくなる。胸中に、生命、希望、といった言葉が渦巻く。

これを食べるために生きてきたのだ、と、腑に落ちる。

その晩、私はアンナと一緒に家に帰った。

アンナは刀を油紙に包むと、藁束《わらたば》の下にいれた。

「さよならだ」アンナは私を抱きしめて静かな声でいった。「私は無力だ」

翌朝、眼を覚ますと、アンナが光を放っていた。

アンナの顔から、目鼻が曖昧になっていった。

私は理解した。

顔のない神を殺した者は、次の顔のない神になるのだ。

アンナは古寺に住むようになった。

アンナは、もはや私の知る女ではなかった。新しい顔のない神だった。

新しい顔のない神はしばらくの間、人を喰わなかった。

かつてそうだったのと同じように、怪我をした動物や人を癒した。

だが、季節が変わる頃に、最初の人間を食べた。それからは、周期的に人を食べた。

ある日、若い娘がやってきた。

汚れのない新しい洋服を着ていた。黒い髪は美しく、眼差しが蠱惑《こわく》的だった。

道に迷ってここにきてしまいました。できれば、あなたの軒の下で休みたい、と私に頼んだので、私は許可した。

娘にどこからきたのかときくと、赤い橋を渡ってきたという。

その晩は炎を二人で囲んだ。この軒下で誰かが眠るのはアンナ以来だった。アンナはずっと古寺に坐している。

娘の名は鈴音《すずね》といった。

鈴音は、私にたくさんの質問をした。ここはなんという土地なのか。税金を払っているのか。警察や郵便局はどこにあるのか。あなたはいつからここにいるのか。この先には何があるのか。

私はできる限り答えた。土地の名は知らない。税金も警察も郵便局もない。子供の頃からここにいる。先に進む道はなく、何があるのか知らない。

鈴音は私を新鮮な気持ちにさせた。怠惰と無気力に漫然と支配されていた日々に清新な風が吹いた。私も鈴音にたくさんの質問をした。

赤い橋の向こうはどうなっているのか。あなたが前にいたところはどんなところか。

鈴音は聞いた以上のことを答えた。話すのが好きな性格だったのだと思う。

東京というところからきたという。お酒を注《つ》いでだす仕事をしていた。そこは建物がたくさんあり、数え切れないほどの人間がいて、車というものが走り、たくさんの娯楽があるのだという。唄《うた》を歌うのが好きで、時々人前で歌うのだという。

「赤い橋の向こう側、か。子供の頃に、そういう童謡があったな。渡ってはならぬ、渡ってはならぬ、真っ赤な橋の向こう側って。私はそこに渡ってきちゃったわけだ。あ、でもあなたにとっては向こう側はこっち側なわけでって、あれ？」

「町は炎に包まれていない？」

「包まれていないけど、どうして？」

私は記憶にある風景を話した。もっとも、それが本物の記憶なのかは確かめようがない。

「東京は燃えたときもあったと思う。でも、わからない。そんなのずっと前だよ」

「どうやってここにきたの？」

鈴音は話した。恋人が暴力を振るう男で、逃げているうちに、道に迷ってここに出たのだという。こんな土地があるなんて信じられないという。

「泊まらせてくれてありがとう。私、帰るね」

翌朝、鈴音は申し訳なさそうにいった。

私はひどく残念な気持ちになった。ほんの一晩の同居だったが、鈴音に恋をしてしまったのかもしれない。

「帰り道、わかる？」

「だいたい。赤い橋まで案内してもらっていいかしら」

私は頷いた。

私たちはゆっくり歩いた。

「帰ったら決着か」鈴音はいった。

「なんで恋人なの？」殴るような人と。

「さあね。私が馬鹿だからだよ。もう違うけどね。帰ったら今度こそ警察いく。あんな奴。別れなければ私の人生終わりだわ」

私の頬はほてった。鈴音の話の全てが、甘い異世界のロマンチックな物語に聞こえた。恋人がどうという話なぞこれまでしたこともない。そういう話を、美しい女の子と自分がかわしているという事実に、羞恥《しゅうち》と戸惑い、そして幸福を感じていた。

谷の前まできて私は呆然とした。

深い千尋の谷に、赤い橋はかかっていなかった。

ただ遠くに霞《かす》んだ断崖《だんがい》が見えるだけだった。

「ありがとうございました。いつか東京に遊びにきてね」

鈴音は無邪気に頭を下げると、あっと制止する間もなく、何もない崖に足を踏み出した。

浮いていた。

そのまま何もない空間を数歩進む。

「待って」

私は声をかけた。

吹きあげてくる風が、全身を撫《な》でた。

何故だ？

「一緒にくる？」

鈴音は振り返るといった。天女に見えた。

「やっぱり、あなたたち、変だと思う。一度役所かなんかにいったほうがいいんじゃないかって。なんか明らかにまずい場所でおかしな暮らしをしているよね？　大丈夫、私が連れていってあげるから」

私は目を凝らした。

鈴音の身体はやはり中空に浮いている。下は奈落《ならく》の谷である。

私は一緒にいきたかった。鈴音と話してしまうと、なんだか自分がこんなところに縛られているのが恥ずかしくなった。

あちらの世界が燃えていないのなら、もう復興しているのなら。

だが、言葉がでてこない。

赤い橋は、鈴音には存在するが、私にはもう存在しないのだ。

「さようなら」私は絞り出すようにいった。

「うん、強制することじゃないものね」

鈴音は頷いた。

「でも、いつでもこっちにきてね」

鈴音は私がいつでもいけると思っている。

私は唇を噛《か》んだ。

羨《うらや》ましかった。

鈴音が一歩進むごとに、彼女の身体は透明になっていった。

やがて彼女は消えた。

後には、風が吹き荒れる、底の見えない千尋の谷だけが、あった。

しばらく私は意気消沈した。

アンナが、私に向かって吊り橋を渡っていけと命じたことを思い出した。私は厭だといった。ここがいいのだといった。何故吊り橋が見えなくなったのだろう？

顔のない神の屍を食したからだ。

神の屍を食べた瞬間、私は囚《とら》われたのだ。

どこにでもいけたはずなのに。

私は藁の下から刀をとりだすと、森の中で振り始めた。

かつてアンナは、どんな目で私を見ていたのだろう。

アンナは私の母でもなければ、姉でもない。

かつて私は一人でここにやってきて、そして彼女のところに転がりこんだのだ。

鈴音は一晩で去ったが、私は戻るのが怖くて去らなかった。アンナは私を慰め、面《めん》倒《どう》を見、そして私に帰るよう諭したが、私は逆らい——とても苦い気持ちだっただろう。

アンナとは、血の繋《つな》がりはなくとも、心の一部が繋がっているように思える。

人間だった最後の夜、刀を油紙に包んで、藁束の下に隠してみせたのは、その日がきたと思ったら、これを持って自分を倒しにこいと私に伝えたのだ。

あれは、私とアンナの秘密の約束なのだ。

刀を持って古寺に向かった。

顔のない神は、無限の色彩をもつ光の衣を纏って座していた。

私はごくりと唾《つば》を飲んだ。

「こんにちは」

返事はない。

どうしよう？　どうしたい？

「こんにちは」

私はまたいった。返事はない。

「来たよ、アンナ」

返事はない。

「どうしたらいいの？」

返事はない。自分で考えなくてはならない。

退屈な日々を無気力に続けるだけならば、もう人生はいらない。私は次へ進みたい。

だが彼女を倒すことが、次へ進むことなのか、もしくは、自分が進みたい「次」なのかは、よくわからなかった。

私は己の迷走を感じていた。

「勝負」

刀を前に突きだしてみせた。

「ぼくと勝負して」

顔のない神はぬうっと立ちあがる。

なんという輝きだろう。近くに寄ると、ことさらに眩《まばゆ》い。ぎらぎら、ぴかぴか。

これは、アンナなのか。それとも、アンナの身体を乗っ取った別の何かなのか。

私は叫び、気合と共に刀を振った。

だが、刃は空振りした。

顔のない神がひょい、と間合いをとったからである。

続けて、どん、と顔のない神は間合いを詰め、私を蹴飛《けと》ばした。

私は吹き飛び、ぐるぐる回転しながら宙を舞い、柱に頭をぶつけた。

跳ね起きると、わあっと叫び、慌てて無我夢中で刀を振った。

目の前には何もいなかった。

後頭部に衝撃がきた。すっと意識が遠のいた。


私は古寺の外の地面に倒れていた。目を開くと、鼻の先に土があった。小さな虫が鼻の穴に入ってこようとしていて、慌ててくしゃみをした。

私は苦い気持ちで立ちあがった。

どうも殺されずに済んだようだ。

見回したが刀は失ってしまった。

私は家に戻ると、しばらくのあいだ塞《ふさ》ぎこんだ。

修行不足ということなのだろう。

顔のない神は、実力のない人間に、座を譲らない。

私が失敗しても喰われずに生きているのは、顔のない神が、もと同居の女だったからこその、甘いお情けのように思えた。

だが、それは私にとって辛《つら》い情けだった。

やがて冬になった。

森の中で刀を振っている禿《は》げ頭の男がいた。

決戦の日に失った私の刀だった。おそらく男は、私が倒れているとき、私の傍らにあった刀をとったのだろう。

男は私より年上で、私より背が高く、私よりもずっと筋骨ががっしりとしていた。

私の視線に気がつくと、険しい声でいった。

「んだあ、もともと、おめえの刀でねえ。順番だ。失敗したら、順番は最後だす。ひっこんでなせ」

私は頷いた。

敗北したのだから、当然だった。仮に刀があったところで、すぐに再挑戦をしたいわけでもなかった。

アンナが、私以外の人間の手に殺されるかと思うと、自分の物語を奪われるかのような許容しがたいものがあったが、自分よりも強い人間から武器を取り戻す力もなかった。

立ち並ぶ家のひとつに老婆が住んでいた。

老婆は、藁を集めて縄を編んでいた。特に義務付けられた仕事でもなく、おそらく膨大な無為の時間を潰《つぶ》すためであろう。時には縄を使って籠を作ったり網を作ったりして、欲しがる人には木の実や、山菜などと交換して、作ったものを与えていた。

私は老婆に頼み込んで弟子入りした。

もしも老婆が死んでしまったら、老婆の代わりに、縄を編んで生計をたてられる。

老婆は最初、うるさそうにしていたが、私が日々、山菜や野苺、木の実といった貢ぎ物を持ってくるのを見て、技術を盗むのを許してくれた。

「負けたのかい」老婆は網を編みながらいった。

「はい」隣で私も網を編みながら答えた。

「子供のすることじゃないよ。大人になって、もうここまで、と思ってから挑むものだ。でも負けてよく生きていたね」

「今の顔のない神は、一緒の家に暮らしていたものだったので」

情けをかけて助けてくれたのかもしれません。

「ああ、そうだったね。知ってるよ。あのときは、わしも肉を食べたし。よくは知らんが、あの人は、母様だったのかい？」

「違います」

違うが、心の中では、母であり姉であったような気もする。

「よく神様になったもんだ。まあ、わたしゃ、もう五十年もここにいる。何回も入れ替わるのを見たよ。若い頃には挑戦しようとも思ったが、もうそういう歳でもない。あの肉を持ってかえって、ちびちび食べるのだけが楽しみでねえ。まあ、お代は私の身体だってんなら、そのうち喰われにいってやるかねって思いながら、この歳になっちまった。私なんか喰ってくれるもんかね」

老婆は喰われたいのだった。

「わかりません。喰われるの、怖くはないですか」

「昔は怖かったけど、もう怖くない。わたしは三十年も前に子供を産んでね。ここにいた男との間にできた男の子さ。父親のほうも、息子のほうも、もうとうに両方とも喰われてしまっていないのさ。わたしだけが残ってるんだよ」

私は胸苦しくなった。救いがない。

「〈永遠〉ってわかるかい？」

「いえ」

「わたしらは神さんで、神さんはわたしらだ。わたしらは神さんに喰われて、神さんは結局は、聖なる食べ物になってわたしらに喰われる。ぐるぐる巡って、その巡りこそが〈永遠〉なんだよ。その一部に加わるのだもの。嬉しいことだよ」

　三人の新参者がやってきた。

　集落の先住者たちは、新参者には冷たい視線を向け、関わらなかった。

　集落の人間が消滅しないのは、定期的に新参者がきて、ここに居着くからである。だが新参者の大半は、死んでしまうか帰ってしまうかするので、居着くものは決して多くはない。

　一度去った者は、二度とここにはこられないようになっているに違いなく、一人として引き返してきたものはいない。

　彼らの一人は足を怪我しており、誰かの助言をきいたのだろう。ここならば治癒すると古寺に運び込まれた。だが、運悪く、喰われてしまったようで、残った二人がしばらくのあいだ騒いでいた。

　やがて二人のうち一人は、助けを呼ぶだの警察を呼ぶだのといって、去っていった。

　誰もが、彼が戻ってこないことを知っていたが、口にはださなかった。

　最後の一人がここに残った。

　眼鏡をかけた少年で、三人のうち、一番若い男だった。私と歳が近かった。十代半ばほどか。

眼鏡の少年は、どこかの軒下に潜りこんで、暮らし始めているようだった。

助けを呼びにいった男を待つ心積もりなのだろうが、案の定、いつまでも彼の仲間は戻ってこなかった。

眼鏡の少年は一度、通りで私に話しかけてきたが、私は無視した。

春のはじめ頃、禿げ頭の男は、顔のない神を倒した。てこずったらしく、鼻から血を流し、また手足は擦り剝《む》けていた。

あのときと同じだった。

古い神の死を誰もが察し、古寺にわらわらと人が集まった。

光る餅のような屍に、みなが群がって食べた。

私も争って食べた。

隣には縄編みの老婆がいた。

餅を食べに群がった人の中に、あの眼鏡の少年もいた。

新参者よ、これでもうここから逃れられないぞ、と思ったが、教えてやろうとは思わなかった。

光る餅は、かつて一緒に暮らしたアンナの肉だと思うと、全てがやるせなかった。

世界一の美味だが、こんなにも哀しい食物は他にない。だが、老婆の言葉によれば、屍は〈永遠〉に通じる聖なる食べ物だった。それでも自分がひどく浅ましい生き物に思えた。

　食べながら涙が溢れだすと、隣の老婆がいった。

「こうしてあんたの中に入ったんだよ。もう二度と離れることはない」

そして、アンナを倒した禿げ頭の男が輝き始め、彼が新しい顔のない神になった。

彼は刀をどこかにやってしまった。

アンナのように、次の挑戦者になるべき者に託したと考えるべきだろう。

次の挑戦者がいつ現れるかはわからない。当分先だ。そして次の次が私——ということもないだろう。

仮に神の座を狙うなら、私はいつか自分の番がくるまで（こないかもしれないが）長い年月をじっと待たなくてはならないのだ。

だが私はもう神になることに関心を失くしていた。

夏がきた。

私は死ぬことにした。

猛烈に死にたくなった。

時間は、私を癒しはしなかった。ただ胸の内の虚無が広がっただけだった。

私は千尋の谷の前に立った。

ここから落ちれば、終わりだ。楽になれる。

深い谷底からは、地獄の魔物の雄たけびのような音が響いていた。

あの音は、風がたてているのか、本当に地獄のような場所が下にあるように思えてならない。

勇気が足りずに飛びこめなかった。

自死のもっとも正しい姿は、ここでは顔のない神に喰われてしまうことだ。集落の住民の多くはそれを選択するのだが、何故だか私はそれだけは厭だった。一緒に暮らしたアンナの供物になるのならともかく、今の顔のない神は、あの禿げ頭の年上の男だという点が不快だったし、食べてもらうために日々相手にすり寄るというのも、なんだか屈辱的だった。

老婆の思想も、どこかで納得できていなかった。

翌日も千尋の谷に立った。すると背後から声をかけられた。

振り返ると眼鏡の少年が立っていた。

「君、死にたいのか」

私は答えられなかった。死にたくはなかったが、死にたかった。死にたかったが死にたくはなかった。

「君にはわからん」

「いやいや、俺にもな、この世界の仕組み、わかったよ。橋がなくなっとるってどういうこったとな。こりゃ、もう絶望的な世界じゃないか。こんなことになるなら、あの餅喰わなけりゃよかった。あれ食べたから、橋が消えたんだろ？」

私は頷いた。

「ちょっと話さないか。別に今すぐ死なんといかんわけじゃないんだろ」

私は黙って眼鏡を見つめる。話すといってもいったい何を。

「俺はここをでていくぜ」

私はふん、と鼻を鳴らした。

眼鏡は気にせずにいった。

「君はいくつだ。俺と同じぐらいの歳だな。ここの連中な、何人かと話したが、みんなダメだ。腑抜けだ。廃人だ。君となら話せる気がして目をつけていたんだ。俺の名はガモウだ。君の名は？」

私は首を捻《ひね》った。名を名乗るのは何年ぶりだろう。名があったことすら忘れかけていた。

「クスノキ」

「おお、クスノキ」ガモウは繰り返した。

「クスノキ君。中学校はいっているかい？」

「いや」

「そうだろうな。俺、中三だ」

少し沈黙があった。だから？

ガモウはかまわず続けた。

「俺、ここにくるまで、体重が八十四キロあってな。体重めちゃくちゃ減ったはずだよ。はやく戻って、あったかい風呂《ふろ》に入って、ラーメンでも食べにいきたいわ」

「戻れない。あの肉を喰ったものは戻れない」

「なんで？」

私は黙った。なんで？　いや、それは橋が消えるからだが。

私たちは長い時間話し合った。

私は「光る餅を食べたものは、この世界の理《ことわり》に囚われ、二度ともとの世界に戻れない」と主張した。

ガモウは「光る餅その他の特殊な理は、顔のない神が作りだしているものであって、顔のない神が消えればそれらの理は消える」と主張した。

ガモウの説では、顔のない神が消えれば、再び橋が現れるというのだ。

「仮にそうだとして、どうやって、顔のない神を消すんだ？」倒した奴が次の神になるのに。

「そっから落としたらいいじゃないか」

ガモウは千尋の谷を指差した。

「はあ？」

私は絶句した。そんな馬鹿な、といいかけ、言葉を飲み込んだ。

――生かしたまま千尋の谷へ落とす。遠くに追放する。

確かに、これならば、簡単だ。

誰でも思いつくことだった。何故今まで一度も思いつかなかったのだろう？

わからない。

ガモウは私の沈黙を吟味するような間を置いてから、憎々しげにいった。

「できないんじゃない。やらないんだろ」

なんだと？

「ここに住んでる奴らは腑抜けの廃人ばかりだ。俺、最初は何かできない理由があるのかと思った。それで長く住んでいそうな年寄りに、片っぱしから聞いたんだ。ようくわかった。できない理由はない。やらんわけな。みんな、あの化け物にいて欲しいんだ。いなくなったら厭なんだ。ここの連中はこの仕組みが好きなわけだ」

ガモウは、喰われるのに馬鹿じゃねえの、と呟《つぶや》くと首を横に振った。

「理不尽なことでもな、長く従っていると、それが当たり前になって、従わんとならんような気がしてくるもんなんだろうな。いつのまにかそれが〈決まり〉になってしまってな。変えようなんてもう、怖いし、面倒だし、これまでの自分を否定してしまうし、で、却下だ。それに新参者が意見しようもんなら、何を目下《めした》の人間が大それたことをって大騒ぎだ。いいか、他のもんは、あてにならん。俺と君で、やろう。あいつ、倒そう」

さすがに即答はできなかった。ガモウは熱を込めて私を口説《くど》いた。

「二人がかりだったら、どうとでもなる。どうせ死ぬつもりだったんだろ。あの化け物のタチが悪いのはな、元は仲間の一人だったってことと、傷を治す力があるってことだ。だから、たまに人が喰われても、仕方がないって気にみんながなってる。あの化け物を奈落に落としたら橋がでてくる。絶対にそうなる。あの化け物を倒したら、みんな自由になる。憑《つ》き物がとれたみたいに」

自由。

私はかつて、一晩だけ話して、翌日に去っていった鈴音のことを思い出した。

鈴音の軽やかな自由。あれこそが、人が生きるべき生ではないか。そしてまたガモウも自由だ。

私はここのルールでは敗者だった。だから自由を求めて挑むという考えに酔いしれた。

顔のない神は悪ではなかった。ここでは、葬式は存在しないし、病院も存在しない。死とは顔のない神に吸収されることであり、生とは顔のない神の屍を食べることだった。

その循環は、幸福な不死のはずだった。

にも拘らず、私は不幸だった。

私たちは連れだって小川に向かうと、河原の石に座って話した。

ガモウがここにきたのは、防空壕《ごう》の探検が始まりだったという。ガモウの暮らす町の外れに崖があり、そこには格子の鉄扉が嵌《は》まっている。

あるとき、鍵《かぎ》を壊して三人で中に探検に入り、ぽん、と穴からでた先は、森の中だった。森を歩いているうちに道に迷い、橋がでてきたので渡った先がここだったという。

「君も知ってるだろうけど、最初は三人できてたんだ。一人は兄貴で、もう一人は兄貴の友達だった。だがな、兄貴は喰われちまったし、兄貴の友達は助けを呼びにいったきり戻ってこんし。そのうち、俺も光る餅、つまり屍を食べてしまったら、橋が消えてしまった」

「光る餅はこないだ食べたのかい」

「いいや、実は軒を借りていたおっさんが、壺《つぼ》の中に隠しておったのがあって。たぶん以前の化け物のやつを、ちびちび味わうために、とっておいたんだろ。それをまあ、見つけてしまって、なんというか、わけもわからずに、無性に喰いたくなって。おっさんがいないときに、すこうしだけ、味見してしまったんや。それでもう駄目になった」

私は溜息《ためいき》をついた。

「クスノキ君、君はいつ頃、どこからきたのか」

「わからん」

私は火の記憶を話した。そこら中が燃えていた。真夜中に見た巨大な炎。

「くる前にいたところは、たぶん東京で——町の全てが燃えていた。それで逃げてきたんだ」

「何年ぐらい前？」

「七年か、そのぐらい」

「そりゃあ、たぶん東京大空襲だな」

ガモウは日本が戦争をしていたことを話した。

「戻ってももう大丈夫だ。保証する。必ず生きて戻ってやろうぜ。俺だってあと五年もいたら、ここの住人と同じになるかもしれん。俺はあんな廃人になりたくない。兄貴も殺されとるんでな。ここで廃人になるぐらいなら死んだほうがましだ」

私たちは計画を練った。

夏の間、ずっとガモウと一緒にあちこちに足を向け、無数の話をした。ここまでたくさんの話をした相手は他にいなかった。無口な大人であったアンナと違い、ガモウは同年代の、生気みなぎる少年だった。

「挑みにきたぞ」

夏の終わり頃、ガモウが古寺の前で叫び、顔のない神めがけて石を投げた。

決戦の開始だった。

石は顔のない神の顔に命中した。

顔のない神はくぐもった唸《うな》り声をあげた。

ガモウの脇には積み上げた石の山がある。

彼は次から次へと石を投げる。

顔のない神は半ばうろたえながら、ガモウを怖れ、古寺の反対側の出口からでてきた。予測通りだった。

そこを、待ち構えていた私が背後から飛びかかった。縄で首を捻《ねじ》りながら引き倒す。

ガモウが駆けよってくる。用意していた網を、顔のない神にかける。

私たちは網の下でのたうちまわる顔のない神を、二人がかりで担架の上に縛りつけた。この日のために作った担架だった。

顔のない神はぐねぐねと暴れた。

黄色い体液を吐いたり、歯のない口を丸く開いたりした。軟体動物だった。

「さあ、いくぞっ」

ガモウが担架の前を持ち、私が後ろを持った。

「え、ほいっ、え、ほいっ！」

かけ声とともに神を運ぶ。

「前、倒木、気をつけて」

「あいよ。え、ほいっ、え、ほいっ」

汗が噴きでてくる。

だが、不思議と身体は苦しさを感じない。

とてつもない高揚感があった。何か千年に一度の祭りで御神輿《おみこし》を担いでいるような、古《いにしえ》の英雄の魂が乗り移ったような、大きな森を風になって通り抜けていくような。

「え、ほい、え、ほい」

左右の景色が流れていく。

え、ほい、え、ほい。

ガモウと声を合わせながら、いつしか私は笑っていた。

そうして縛り上げた顔のない神を、千尋の谷まで運び、放り投げた。

深い谷に落下する輝く神の姿は、どんどん小さくなっていき、やがて奈落の闇に消えた。

谷の底から風が吹き上がった。

全身にかいた汗が風で乾いていく。

やったな、とガモウと顔を見合わせる。

あっと私は歓声をあげた。

赤い橋が復活していた。

集落の住人たちがわらわらと森からでてきた。顔のない神を連れだした私たちを追ってきたのだった。

「あいつは、崖の下に落としましたよ」

ガモウがいった。

「いないほうがいい。これで、終わりだ」

住人たちは互いに顔を見合わせた。みな絶望的な顔をしていた。おそらく今日は屍が喰えると期待していたのだろう。

「こんのっくそっ餓鬼ぎゃあっ」誰かが憎悪の塊を吐きだすようにいった。「自分が、自分が何をやったかわかってんのかあ！」

「恩知らずがっ」と叫んだのは、私に網を編むのを教えた老婆だった。鬼の表情をしていた。

私たちは、住民たちと、しばし睨《にら》み合った。

もはや彼らとは完全に溝ができていた。

やがて住民の一人――初老の男が膝《ひざ》をついて泣き始めた。次の瞬間、彼は崖から身を投げた。

ガモウが私の肩に手を置いた。

いこう。橋が消えないうちに。

殺気だった住民を残して、私たちは千尋の谷にかかった橋を歩きだした。他の人たちにも橋が見えているのかどうかはわからない。誰も追いかけてこなかった。ここを離れるという発想を持たない人たちだった。

霧の中を歩いている。

どのぐらい歩いただろう。

ガモウは半ば一方的にずっと喋《しゃべ》っている。都会のこと。友人のこと。私に食べさせたい食べ物のこと。誇りに思っているらしい父親のこと。クラスのかわいい女の子のこと。

私は相槌《あいづち》をうちながらずっと聞いている。

道は一本道だった。

やがてガモウは言葉をとめた。

それから妙に時間が遅くなり、長い歳月が過ぎたように感じた。

右足を前に、左足を前に。両側を鬱蒼《うっそう》とした樹木に囲まれた道がどこまでも続いている。

私たちは、百年も前から、こんな風にして霧の中を黙って歩いている。そんな気がする。

ふと前を歩くガモウを見て、私は舌打ちした。

先を歩くガモウの身体が輝いていた。

「ガモウ君」

振り返ったガモウの顔は目鼻が曖昧だった。

「なんでもない」

私はいった。

駄目だったのか。

ガモウは、もうすぐガモウでなくなる。

私は足を止め、呆然と立ち尽くした。

ガモウは――さきほどまでガモウであったものは、どんどん先に歩き、小さな光点になり、消えた。

ゆっくりと深呼吸する。

夜になった。

風が霧を流していく。

闇の中、遠くに大きな町の灯《あか》りが見える。

何千もの光点が、光の宝石箱を引っくり返したように輝いている。

ガモウはあの中に消えたのだろうか？

見れば、私の身体もまた輝きを発し始めていた。

私は首を横に振ると、全てが失われる瞬間まで、遠い光に向かって歩き続けることに決めた。

# 青天狗の乱

## I

ずいぶん昔の話だが、私は伊豆《いず》に向かう交易船の船員をしていた。大きな船である。

まず江戸の港をでて浦賀《うらが》を経由し、大島に向かい、後は御蔵島《みくらじま》や三宅島《みやけじま》、そして下《しも》千《じ》島《じま》、場合によっては八丈島《はちじょうじま》にいき、それから江戸まで戻ってくる。これはたいした旅だった。今と違って蒸気船の時代ではないから、あちこちの港で海の様子を見ながら進まなくてはならない。本来一日の滞在が一週間になることもあった。

その頃伊豆の島々は、流刑地だった。

伊豆への遠島を言い渡された罪人たちは、私が働いている交易船に乗っていくものだから、船は流《る》人船《にんぶね》とも呼ばれていた。

私には、父祖の代から受け継がれてきた、ちょっとした副業があった。

それは、島流しの憂き目にあった者たちに、縁者からの差し入れ——〈見届物《みとどけもの》〉という——を運んで渡す仕事である。

そういう仕事を請け負っていますよと宣伝しているわけではないが、品川あたりでは名が通っているので、たいがい依頼人のほうから私を探し当てる。

依頼人と話をして、料金や、その他の話をまとめる。見届物は量や内容物に制限こそあったが違法ではなかった。

いざ受け渡すときには、流罪人と面会するわけで、交易船の旅を終えて江戸に戻ってから、その誰某《だれそれ》の様子を家族に伝えてあげる。

流罪人は簡単に赦免されず、かなりの長期間を島で暮らすことが多かったから、一度依頼を受け、それを遂行すると、その客はお得意さんになる。手数料がけっこうな金になる仕事だった。

無論一人でそんなうまい話を独占できるはずもなく、船員の仲間うちでも同じような見届物運びの請負をしているものたちと、漠然と、八丈島なら、平左《へいざ》が引き受ける、三宅島なら松吉《まつきち》が引き受けるというように、それぞれの縄張りやお得意さんがいて、仕事を紹介しあっていた。仲間たちは、物ごころつく前から親の船に乗っていたような船乗りで、みな顔見知りだった。

私の暮らす長屋に、老夫婦が訪れた。

男のほうは町人風の髷《まげ》を結っており、聞けば生まれは飛騨《ひだ》だが、今は武蔵野《むさしの》で玩具《がんぐ》をつくり、それを商っているのだという。玩具といわれても私には、よくわからなかったが、独楽《こま》や、剣玉《けんだま》といったものだろう。

そして、去年下千島に送られたという老夫婦の息子、二十二歳の鷺照《ろしよう》への見届物を預かった。長櫃《ながびつ》ひとつである。

この鷺照は、深川《ふかがわ》のほうで居酒屋を営んでいたという。

見届物にはいろいろ決まりがあるので、本人たちの前で長櫃の中身を確認したが、米をはじめとする食糧や着物だった。ひとつだけ妙なものが入っていた。化け物の面だ。

天狗《てんぐ》に似ているが、天狗ともいいきれない。

青い。角が生えている。特徴的なのは目だ。能面にも似た、見る者を魅入らせてしまうような魔を感じる。

「これはなんですかね」

「息子の思い出のもので、寂しい島の暮らしで思い出せばと。駄目でしょうか」

「まあお役人次第でしょうな」

下千島の港に停泊し、いくらかの仕事を終えた後、荷車に見届物の長櫃を積んで、番所に向かった。

もう数年も同じ仕事をしており、番所の役人とは顔なじみだった。役人は末松《すえまつ》という地侍の一族と、その縁者がやっていた。

武士というよりは、商人が似合いそうな、少々太った狸顔の末松家当主がでてくる。

「旦那《だんな》の顔が見たくて、また遊びにきてしまいました」

私は世辞をいった。

「馬鹿を申せ。どうかね、本土のほうは」

「え、虎狼痢《ころり》（コレラ）もちょいとはおさまってきたって話ですがね。今年はちょいと寒くて」

「江戸も京も荒れているそうじゃないか。なんだほれ、薩摩《さつま》だ長州《ちょうしゅう》だ」

「いやあ、あっしなんざ、学もないんで、よくわかりませんが、戦《いくさ》だけは嫌だねえって話してます」

このあたりの話題は、辺地の島とはいえ、侍とするなら気をつけないとならなかった。まさに時代の転換期だった。

尊王攘夷《じょうい》だのなんだの、反幕府思想は、簡単に牢《ろう》に放り込まれる。外国の圧力と、内部の混乱で、幕府が揺らいでいることは誰の目にも明らかだった。だが、まさかあと少しで、本当に幕府がなくなってしまうとは思っていなかった。

「これ、つまらんものですが、差し入れです」

いわゆる袖《そで》の下として、煙草や、江戸で流行しているものなどを渡しておくことを忘れなかった。

「ほいほい、じゃ、見にいくかのう」

末松とそれにつき従う小者と一緒に番所をでる。そして裏手に運んできた〈見届物〉の長櫃を順番に開く。

「鉋《かんな》とかな、釘《くぎ》とか、ないな」

「そのへん、決していれないように、ご家族の方にも、ようくいってます、あっしも蓋《ふた》を閉める前に確認しております」

島役人は、流罪人の島抜けを怖れていた。小舟でも作って逃げられたら、自分も処罰されるからだ。下千島からは、最低でも三つの島を経由しなければ本土の土は踏めない。不可能とはいわないが、釘があったところで舟など簡単に作れるはずもなく、島抜けは至難だった。

「面白いものは、と。こないだは春画が挟まっていたので笑ったな」

末松は櫃の中の米袋や、着物を乱雑にまさぐる。

見届物の中に銭があれば、末松は自分のものだとばかりに、ひょいひょいと抜いていく。

「金物の一種だからのう。溶かせば、ほれ、いろいろ悪いことに使えるしの」

私はじっと黙って見ている。飢えて死ぬ者に対して家族が懸命の思いで忍ばせた銭だが、もうこの世の摂理のようなものだろう。

鷺照の櫃だった。

末松は櫃の中の着物の下をまさぐり、例の化け物の面をとりだした。

訝《いぶか》しげに首を捻《ひね》る。

「なんだねこれは？」

「さあ、なんでも下手人、思い出の品とか」

末松は、苦笑を浮かべてその面を見ていたが、やがてその顔から笑みが消えた。私も隣で見ていたが、最初は単なる不気味な面なのだが、しばらく見ていると、何か面から暗い情念のようなものが滲《し》みだしてくるように感じるのだ。周囲が少し暗くなり、眼の部分が力を帯び、口元はまるで今にも、喋《しゃべ》り出さんばかりに――。

末松は面をぽいと櫃の中に放ると「よし、ではいってよし」といった。

前にも述べたが、見届物は、私が直接、本人に運ぶことにしている。依頼人に流罪人の様子を報告するためだ。

役人に頭を下げ、流罪人の集落に向かった。

末松は怠け者で、とるものをとったら、ついてきたりはしない。

さて、島流しとは如何《いか》なるものか。

これがなかなか、一言にこうだといえるようなものではなかった。

地獄の沙汰《さた》も金次第というが、罪人は交易船に乗せられる前に品川で、最後の差し入れを受け取ることが許されていて、人によってはずいぶんな量の米俵や、金銀を持ち運んだ。娑婆《しゃば》での身分や貧富の差は島にも大きく影響した。

伊豆の流罪人は政治犯が多い。医者なら重宝される。教養のある者なら読み書きを教えたりして生計をたてているものも多い。

人次第、金次第、運次第、そして島次第でその運命は大きく変わってくる。

## 2

鷺照の小屋は、下千島の、流罪人集落の外れにあった。

馬小屋のほうがまだ立派と思えるほどのみすぼらしい小屋だった。

大風でもきたら吹き飛ばされてしまいそうだったし、雨漏りも隙間風も酷《ひど》そうだった。

私は、鷺照の家族から託された手紙と米、その他日用のものが入った櫃を小屋の前に降ろした。

中をのぞくが誰もいない。

地面には筵《むしろ》すらなかった。小屋の中には襤褸《ぼろ》屑《くず》や、欠けた茶碗《ちゃわん》がひとつあるきりで、まさに家畜以下だった。

下千島には、もともとそこで暮らしている者たちの暮らす土地と、お白州での裁きで送られてくる流罪人の暮らす土地がわかれていた。人口でいうならば、島の西部の港にある島民の集落は数百人はいただろうが、島の東部から奥に入ったところにある流罪人の集落はせいぜい数十人で、五十人にも満たない。

二つの集落をつなぐ道は、高い柵《さく》で仕切られていた。流罪者が越えたら斬首《ざんしゅ》の旨が書かれた高札が立っている。

下千島においては、一般の島民と流罪人の交流はほとんどなかったと思う。祭りなどでも一緒にならない。八丈島なら、島民が多く、各集落に流罪人の割り振りがあって一緒に暮らせたから、その点下千島は過酷だといわれていた。

「んだすか」

声がかかった。振り向くと、ぼさぼさの髪に髭《ひげ》で口元が覆われた男がいた。鷲照である。鼻が少し特徴的だった。鷲鼻《わしばな》というのか、異国の人によく見られる大きな鼻だ。

「あんたに見届物」

家族からの依頼があって、江戸からの差し入れを届けにきたことを告げた。

彼は呆然《ぼうぜん》とし、長櫃を開くと、よほど嬉《うれ》しかったのか、ほろほろと涙を流した。

私は魚の干物をとりだすと、土産だと渡した。鷲照はかぶりついた。

「どうだね、ここの暮らし向きは」私は煙管《キセル》をとりだし、煙草をつめた。

鷲照の眼に再び涙が滲《にじ》んだ。

「いいはず、ないでしょう」

私は近くにあった倒木に腰かけた。

「辛《つら》いかね」

「野たれ死ぬのを待つだけだもん。あっしは、罪をきせられたんですわ」

「そうかね」私は空を見上げた。

空は青く、上空を鳶《とんび》が舞っていた。

「あっしが何をしたのか知ってますか？」

「いやあ、きいたかもわかんね。けど、忘れたなあ。何をやったんだ？」

鷺照は滔々《とうとう》と話した。

鷺照は居酒屋を経営していたが、その二階座敷が賭場《とば》になった。それを密告されたのである。

「女が、あっしをはめたんですよ。あるとき、店におかねって女をあげたんだね。まあ、江戸ってのは男ばっかでしょう、女がいりゃ、店も華やぐってもんで」

「雇ったのかい」

「まあ最初は情婦みたいなもんで。ただこいつがまた、腐った奴でね。店の金に手をだすわ、他所《よそ》に男作るわ、嘘をつくわで。手を切ろうとしたんだが、これが切れねえ。最後は俺《やつがれ》をはめやがった」

同心がやってきて、鷺照はたちまち捕縛された。

さらにおかねは付け加えた。鷺照は尊王攘夷論者で、酒場でその種の話を馴染《なじ》み客と鼻息荒く語ることも多かったと。尊王攘夷というのは、そのまま倒幕思想になる。

当時、賭博はどこでも行われていただろうが、摘発されれば、宿の提供者は遠島刑が多かった。

尊王攘夷が加われば、もはや手心が加わろうはずはない。

「賭場って、あっしは知りませんよ、そんなの。鼻息荒い客が、ソンノーだろうが、サバクだろうが、へいへい、と調子合わせるのが、酒飲み相手の商売ってもんでしょう。それを、いかにもあっしが、謀反を企てている連中の仲間か何かのようにいいやがって。博打《ばくち》だって、そんなもの誰も何もいわないだけで、そこらでやってることじゃないですかい。こっちは知らずに二階を貸しただけですぜ。おかねは、あれは天性の悪女ですわ。もとは岡場所の女郎なんですが、擦り寄ってきて、いつのまにか店にいついて、怠け癖の塊で、注意したら逆恨み、あげくの果てに、男を作って、そいつとあっしの店をぶんどる絵を描いたんです」

「ぶんどられたのか」

「あっしが遠島になったところで、今は喜び勇んで、新しい男と、あの店やってるでしょうな」

「それが本当だとしたら、やるせないね」

当時の法は曖昧《あいまい》で理不尽なものだった。ろくな証拠がなくても罰せられたし、刑が重すぎたり、同じ罪状の人と比べて不公平であったり、明らかにおかしな裁きがたくさんあった。

「何か望みはあるかね」

「殺してきてくださいよ。おかねを。あいつはねえ、深川のねえ。富岡八幡宮《とみおかはちまんぐう》の近くの、大銀杏《おおいちょう》。有名な大樹があるんです。注連縄《しめなわ》巻いた。そこまでいきゃ、みんな知ってる、そのすぐ近くの『とみせ』って店。俺の店だが、そこにいるはずですから、殺してきてください」

鷺照の顔は怒りで青黒くなった。

「おいおい、そりゃ無理だ。あんたの怒りはわかるし、同情するが、今更、どうにもならん」

私は話を変えた。

「そういえば、見届物に妙なものが入っていたがあの面はなんなんだい」

「面？」

鷺照は訝しげにいった。

私が青い天狗面の話をすると、鷺照は長櫃を開き、面を手にとり、しげしげと眺めた。

「思い出の品だってな」

鷺照は答えずに、じいっと面を見詰めていた。

「ご両親からだが」

「神さんの面です」ぼそりという。

「飛驒のか」

「へい」

それ以上の説明を、特別に聞きたいわけではなかった。私はただ見届物を配達しにきただけだ。もっとも、今となっては、あのときよく聞いておけばと思っている。

私が腰をあげると、鷺照が顔をあげた。

「いっちまうんですか」

「そらあな。他にも預かりもんを届けんとならん人たちがおるもんでよ」

鷺照の顔が曇った。

おそらくまともに喋るのが久しぶりで、私にもっといて欲しかったのだろう。

私は気の毒になりながらいった。

「おまえさん、なんとかして生き残れよ。俺はこの後、本土に戻ったら、おまえさんの無事を家族に報告する。そして、きっとまた来る。次の見届物まで生きとれよ。あんた程度の罪状でいつまでも流されっぱなしってこともあるまい。割とはやく赦免状がくるはずだ。だから俺が次に来るときまでは死ぬなよ」

鷺照はこくこくと頷《うなず》いた。

赦免状は、刑期の満了を意味し、公式に本土に戻れる唯一の方法だった。だが、軽い罪で赦免状が届くまで三十年もかかったというような話はざらであり、実際期待できるものではないのだが、どこかに希望はあったほうがいいと思って甘いことをいった。

下千島の流刑者の三人に一人は、一年から二年の間に死ぬ。なんとか小さな畑を耕して、必死に生きるより他はないが、弱った身体は病気にかかりやすい。

たぶん、次に来たとき、鷺照は死んでいるだろうと思った。

それから私は、彼以外の流刑者たちの掘立小屋をまわり、差し入れの品々を渡した。一人は去年死んでしまったそうで、渡せなかった。

そうした流罪人集落の滞在中、嫌なものを見た。

腰に刀を差した十二か、十三ぐらいの少年が二人、粗末な着物をきて土下座している男を蹴《け》っていた。

少年たちは番所の役人の身内に違いなかった。はっきり確認したわけではないが、末松家の三男あたりだ。蹴られているのは流罪人だ。

若い侍は、笑っていた。土下座している男を嘲《あざけ》り、怒鳴りつけ、挑発していた。蹴られているほうは両手で頭を庇《かば》うようにして、必死に命乞《ご》いのようなものをしていた。

この種のことは、不思議なほどに記録に残らない。記録に残るのは、いつも偉い人物が偉いことをした、強い者が敵を倒した、そういう物語だけだ。

番所の役人は、流罪人をいじめ殺しても、好きなようにその死を記録できる。病死とでも、馬に蹴られたとでも、不遜《ふそん》な態度があったので斬り捨てたとでも、なんとでも。

　私は目立たぬようにそっと道を迂《う》回《かい》した。

　その後、江戸に戻ると、鷺照の両親が訪ねてきたので、首尾よく見届物を渡せたことと、とりあえずは元気にしていたことを伝えた。

「息子さん、面をじいっと見ていましたよ」

「山奥のあっしらの村に代々伝わる面だったんですがね。天狗ゆかりの面で、つけていると死なない、という言い伝えがありまして」

「そりゃ、また」

「祭りや、儀式のときに使うんです」

　つければ霊力を授かり死ななくなる面。親が、子供に、なんとしても生きて帰ってこいという思いを込めて渡したお守り。

　鷺照がじっとその面を眺めていたのも、納得がいった。

　いずれまた見届物を、という話もでたが、結局のところ、見届物を配達する仕事は、これが最後となった。

　下千島で話にでた、鷺照がかつて経営していたのであろう『とみせ』という店は、いかなかったし、探しもしなかった。

## 3

ほどなくして江戸時代が終わった。

哀しいような、寂しいような、新しい時代の光が眩《まぶ》しくてうろたえちまうような――とにかく二度はない晴れやかな日々だった。江戸では、寺社がご開帳をしまくって毎日が祭りだった。

幕府は消滅し、廃藩置県で新政府の時代だ。

私は交易船にはもう乗らなかった。

なぜ海の仕事をしなくなったのかというと、維新後、陸上のあちこちで飯のタネができたからだ。

板子《いたご》一枚下は地獄とはよくいったものだ。何人もの仲間たちが、あの暗く底しれないうねりに呑《の》みこまれていった。他に選ぶ仕事がなければ船に乗るが、陸上で仕事が溢《あふ》れているなら、海にでたくなかった。

江戸ならば、代々の仕事から抜ければ、数年後には無宿人で佐渡《さど》あたりに強制的に連れていかれることになっただろうが、明治東京ともなれば、必ずしもそんなことはない。

明治の十七年頃だったが、私は各地でいろんな仕事を経て金を貯めた後、品川で宿を開業した。

仕事で東京に訪れた者や、離島にいく者が、ちょいと泊まっていくような木賃宿だ。

交易船時代の友人知人がみな、うちの宿をひいきにして紹介してくれたので、ずいぶん繁盛した。汽船の時代がきていて、実業家が東京湾汽船なる会社を立ち上げるところだった。この会社は名を変え、今も東京湾の海運を取り仕切っているはずだ。ずいぶん東京湾界隈《かいわい》は明るく賑《にぎ》やかになってきていた。

伊豆諸島もまた、ずいぶん変わっていた。

まずとうに伊豆は流刑地ではなくなっていた。明治維新後ほどなくして、かつての伊豆への流刑は、北海道にとって代わられたのだ。さらに多くの島が「整理」され、流罪人は赦免され、下千島の島民は大島や御蔵島などの他の島に移り、無人島になってしまった。

明治二十年だったと思う。

浅草に、張り子の富士山ができたというので見に行った。宿のほうは親族に任せた。

今ではちょっと考えられないだろうが、浅草公園六区に、高さ約三十三メートル、裾廻《すそまわ》り約二百七十メートルの、馬鹿でかい人造の張りぼて山が出現したのだ。これは頂上まで登ることができた。

当時は周囲に高い建物なんかなかったから、遠くからその張りぼてが見えたし、頂上に登れば遥か彼方《かなた》までぐるりと見渡せた。

とにかく、物凄《ものすご》い大きさだった。

見に行って、ちょっと後悔したのは、とんでもない人出だったということだ。人の群れをかきわけるようにして歩いた。あちこちに、露店がでていた。

十一月で、木々は紅葉していた。家族連れが多かった。

ふと私の目はある男にとまった。

その男は、林の近くで、樹木の幹にもたれて煙草を吸っていた。灰色の背広を着て、髭を剃《そ》り、髪も短く整えていて、きっちり文明開化以後の東京の男、という感じだった。歳の頃は四十かそこらか。煙草は、天狗煙草という、日本初の紙巻き煙草だ。当時は最先端の嗜好《しこう》品で、これもまた都会風だった。

この男が、あの特徴的な鼻をしていたのだ。

私の知っている鷺照は、会ったといっても二十年前に一度だけ、ぼさぼさ髪に、髭だらけで顔ははっきりしない。だが鼻はおぼえていた。

印象も雰囲気も全く違っていたのだが、見覚えのある鼻だなぁぐらいから始まり、ぱっと記憶の鷺照と、東京男の顔が重なった。

あっと思った。

もしかしたら、いやいや、絶対そうだ。

なんともまあ。嬉しかった。

鷺照は赦免されて当然だし、もう下千島は無人島になっている。

私はおずおずと彼に近づくと、にこにこ笑いながら声をかけた。

「こんにちは。いい日和で。あの、おぼえてないですかね。下千島でお会いしたことがあるんですが」

男の顔は訝しげになり、そして首を横に振った。

「人違いですよ。下千島なんかいったことがないな。いったいどこの島です？」

「いや、私ね。前は見届物の配達をしていましてね」

「ん？　ミトドケ……？　わからんね。だから人違いです、人違い」

「いや、まあ、そういわずにどうですか、ちょっとそこらの屋台で一杯奢《おご》らせてくだせえよ」

ちょいと声を潜めていってみた。

彼は首を横に振ってうるさそうにいった。

「うーん、酔ってらっしゃる？　私はあなたの知っている人とは別人ですよ。用事があるので失敬」

男は私から目を逸《そ》らすと、帽子を目深に被《かぶ》り、足早に去っていった。

赦免されていようと、流罪人だった過去など、誰だって隠したくて当然だし、思い出したくもないこと、触れられたくないことだったのではないだろうか。

交易船の船員なんてものは、彼からすれば、敵か味方かわからぬ赤の他人だ。私は純粋に彼の生還を祝いたかっただけだが、いらぬお世話だったのだろう。

もちろん――本当に、私の人違いで、単によく似た人相の男だった――ということはありえなくもない。

## 4

私の宿は東京湾の船着き場に近いから、離島出身の客が多い。

あるとき一階の談話室で大島の地酒をふるまっていたが、宿泊客同士の会話で、下千島の話がとびだした。

下千島が既に無人島になってしまったことはもう述べたが、まだ島民がいた明治初期に、祟《たた》り神が出現したというのだ。

客の多くは、大島や八丈島などの大きな島の出身で、その話をしていた二人も大島の出身であったのだが、彼ら自身も人伝《ひとづて》に噂をきいたらしい。

そのうちに、もと下千島の男が宿泊し、さらに詳しく話をきいた。

なんとも奇怪な出来事が起こっていた。驚くべきことに、話の中心には鷺照がいた。

これは複数の人の話の断片をつなぎ合わせ、私の若干の想像で補ったもので、また、どこまでが真実であるのかどうかもさっぱりわからない話だが、以下のような内容である。


流罪人の鷺照は、ある日、面を持って消えたという。

だが、島は穏やかなものだった。下千島から島抜けするのは難しい。また流罪人は、絶望して自殺する例がよくあったため、きっと鷺照もそうなのだろうと番所は思っていたのだ。

誰もがあまり気にせず、失踪《しっそう》後は、よく探されることもなく、書類上は病死で処理された。

番所の島侍、末松家の中に、栗太《くりた》郎《ろう》なる若者がいた。私が最後に見届物を運びにいったとき、土下座した流罪人を笑いながら蹴っていた少年と同じ人物かと思われる。

この栗太郎は、どうもどうしようもなく残酷な青年のようで、従兄弟《いとこ》たちと一緒に、気の赴くままに流罪人を指名し、弓矢で追い回して〈人間狩り〉をして遊ぶこともあったという。

気に入らない流罪人を裸にして、真冬の池に放り込んだり、馬の糞《ふん》を食べさせたり。彼が遊びでいじめ殺した流罪人は、多数になるが、江戸へ送られる書類上では、みな病死や自死といった適当な理由で処理された。

ごく稀《まれ》に女が配流されてくることもあったのだが、それにもまた、ちょっと語るのが憚《はばか》られるような酷《むご》いことをしたという。

これまで、栗太郎の蛮行は、何の咎《とが》めもなく、せいぜいが両親の訓戒《くんかい》程度だった。

維新前の刑罰とは、あくまでも、苦しませることや、見せしめにすることを目的としており、死刑ひとつとっても、鋸《のこぎり》で挽《ひ》いたり、磔《はりつけ》にしたりと、殺し方の種類がいくつもあった。

江戸でもどこでも、牢では身体を伸ばす権利すらなく、いびきがうるさかったという理由で、牢名主に殺されたりしていたわけで、元町人の流罪人が辺地の島で島侍に遊び半分で殺されたぐらいのことは、哀れではあっても、ありふれた話だった。地獄には鬼がいるものだ。

なにぶんあの頃は、今とは全く違っていたのだ。

ところが時代の転換がやってきた。何かもう天地がひっくり返るようなことが起こってしまった。

武士は権利を剝奪《はくだつ》され、土地は国に回収され、刀を提げて歩くことは許されなくなり——さらに流罪人たちは赦免か、北海道へ移送されるかで、島からいなくなってしまう。

栗太郎にとっては、たまったものではなかったであろう。

かつてあった絶対的な身分差、権利の差、己の行動の根幹を支えていた理念が消失せんとし、己のこれまでの蛮行も、流罪人が次々に赦免されたり、別の土地にいったりする過程で、訴えられ公になったならば、新政府がどう動くかわからない。

そうこうするうちに、次の交易船で、下千島の流刑者全員が本土に送還されると決定した。

事件はまさに交易船がくる数日前に起こった。

人気《ひとけ》のない野原である。

灰色の雲が空を覆う薄暗い日だったという。

栗太郎は、四人の仲間と共に、裸にひんむいた流罪人の男たち二人に、男色の真似ごとをさせてそれを見物していたという。

流罪人の男たちは、栗太郎の命じるままに、絡みあう。そして、それが終わると、まだ飽き足らず、二人に殺し合いをするように命じたという。

勝ったほうは生かしてやる。

逆らえば、その時点で両方とも斬り捨てる。生き残るには、たった今、男色の相手となった目の前の男を殺すことのみと告げた。

栗太郎たち五人はどちらが勝つかで銭を賭《か》けた。栗太郎の連れている仲間のうち二人は女で、くすくす笑いながら目を輝かせて悪趣味な見世物に興じていたという。

ここで生き残れば、流罪人は次の船で本土に帰れる。ようやく希望が見えてきたところだ。どうしても今ここで死にたくはない。

そして、裸の二人の摑《つか》み合いがはじまったところで、野原の向こうの林に、妙な人物が現れたのだ。

化け物の面をつけていたという。

青い面だ。

袴《はかま》をはいている。

上半身は、灰色の着物を纏《まと》っている。

栗太郎とその仲間たちは怪人物に気がつくとそちらを注視した。裸の流罪人の男二名も、殺し合いをやめた。

鬼に見えたという。

鬼はこちらに向かってくる。

足取りには威厳があり、落ちついていたので、武家の者に見えなくもなかった。島侍の誰かなのだろうか——。

栗太郎とその仲間たちは静止した。腰を折ってお辞儀をする。よもやこの小さな島の中に自分たちの敵がいるはずがないと思っていただろう。ならばまっすぐ歩いてくる仮面の正体は自分の親や、年長の親族縁者でしかありえない。流罪人で残酷な遊びをすることは禁じられていた。

叱られる、と思ったことだろう。

近づいてくる面は、見れば見るほど異様な迫力を増していく。まるで、地獄から現れたかのようだったという。

青い顔の化け物は、さっと一番近くにいた、若者の頭をひっつかむと有無をいわせずその帯から脇差しを引っこぬき、萎縮《いしゅく》して立ちすくむその若者の喉《のど》に刀を叩《たた》きつけた。

若者は動物めいた短い悲鳴をあげた。

血が噴出した。

化け物は、その場の空気を呑んでしまっていたに違いなく、一人が流血しても、誰も動けなかった。

化け物は、続いて栗太郎に顔を向けた。

はっと我に返った栗太郎が、腰の刀の柄《つか》に手をやり、抜きかけた。だが、完全に抜くことはできなかった。

ひゅん、と化け物が、たった今奪ったばかりの刀を一閃《いっせん》させると、栗太郎の首から鮮血が迸《ほとばし》った。

栗太郎は刀の柄を握ったまま倒れた。

女がへなへなと膝《ひざ》をついた。

化け物は間髪をいれず、ずぶりと女の首筋に刃を刺した。

脅しも何もなかった。化け物の一挙一動には、揺らぎのない殺意が込められていた。

悲鳴があがった。

青天狗（正確には天狗ではないだろうが、ここでは化け物をそう呼ぼう）は、続けて、逃げようとしたもう一人の女の髪を摑むと、地面に引き摺《ず》り倒した。

結果として、四人死んだ。

化け物は悠然と四人の首を刈ると、その首と、彼らの刀を持って、林の中に去っていった。

青天狗が去った後残ったのは、呆然と膝をついた裸の流罪人二人と、栗太郎を含めた首のない死体が四つ。

役人側の五名のうち、一人は殺戮《さつりく》の途中で逃げていた。

十三歳の、栗太郎の従兄弟である。

一連の出来ごとは、この逃げだした従兄弟と、二人の流罪人の三人が証言した。末松家に三人を集め、当主がひとりひとり別室で話をさせたが、証言は一致したという。

まさに島が震撼《しんかん》する事件であった。

どこからともなく現れ、四人を殺し、首を持ち去りかき消えた青天狗。しかも四人は番所の島侍の息子と、その親戚《しんせき》と娘たち。

さらにその賊は、刀を手に入れているのだ。

末松家の当主は、見届物の長櫃を開いた時に青天狗の面が入っていたことをおぼえていた。

十中八九、賊のしていた面は鷺照のものであり、鷺照が失踪していることから、犯人は彼と目された。もっとも仮面の男の正体は不明であり、鷺照ではない可能性も十二分にあるのだが、とりあえず鷺照を見つけ出さないことには話は進まない。

これは末松家としては非常に困る事態だった。

本土に反逆が起きたと報告し、応援を頼むべきなのか。あるいは大島など近いところに応援を頼むか。事実をそのまま書くなら、無手で現れた賊一人に、刀を提げた番所の島侍が複数やられたというのは、「侍」の沽券《こけん》に関わる話だ。流罪人一名すら管理できないのかという話になる。犯人と目される男は、実は病死で処理していたというのも、仕事のいい加減さを示すもので、末松家側が断罪されかねない。また状況の説明として、流罪人二人に男色と殺し合いを強制し、それを見物している最中に賊が現れた、というのは公になれば、相当な問題だ。下千島の流罪人はこの時点では既に本土送還が決まった者たちなのだから、殺していいはずがない。

よって次のようなことになった。

青天狗は、島の人間だけで対処する。

栗太郎その他四人の死は、公的には事故死で処理する。

島民には、この事件の一切の他言を禁じる。

青天狗——あるいは鷲照は捕まらなかった。

もとから住む島民の集落のほうで匿《かくま》われているという可能性もないわけではなかった。

碌《ろく》でもない役人に天誅《てんちゅう》を下した青天狗を密《ひそ》かに英雄視する者だっていただろう。確かに彼は、抑圧された人間がしたくてもできなかったことをやってのけた。

また、青天狗は島の周囲にいくつか散る無人島に潜んでいる可能性もなくもなかった。無人島の中には廃屋や、井戸がある場所もあったし、小舟で往復可能な距離だった。

末松家が集めた有志でぼちぼちと捜索をしているうちに、妙な噂が島中で立ち始めた。

どこそこに、青天狗がいた。

スダジイの古木の上で、綱にぶら下げた首をもって天狗のように笑っていた。早朝の湾内を泳いでいた。夕暮れ時に畑の中にいて子供たちが声をかけられた。

はっきりとした証拠もなく、その場にいっても何もない。だが噂だけが立ち続け、神社の近くで消えただの、半透明で夕暮れの集落を二十五人の亡霊を引き連れ歩いていただのといった、幽霊的な特徴を示す話も現れ始めた。

そうこうしているうちに、交易船がやってきて、流罪人は、みな本土に送還された。赦免になった者もいれば、北海道にまわされた者もいた。流罪人集落は無人になった。

交易船が下千島を出港した晩、末松家の当主が死んだ。

その晩は、流罪人が全員本土送還された祝いと、青天狗討伐の相談も兼ねた酒席が寺で催されていた。当主は、便所にでも向かったのか、提灯《ちょうちん》をもって席を外した。

それきり酒席には戻らず、翌朝、浜辺に惨殺死体が転がっているのが発見された。

誰がやったのかわからない。わからないが、こんなことをするのは青天狗しかおるまい、ということになった。

青天狗はまだ島にいる。そりゃあいるさ、あれは祟りが姿をもったものだもの。どうして祟るんだい、なんでも鷲照は冤罪《えんざい》で配流されたとか。青天狗は捕まらないな。そりゃそうだ。祟り神は人間でないもの。末松家が根絶やしになるまで続くのじゃないか。そんな話が飛び交った。

小さな島の自警組織など、たかが知れている。

中心人物の末松家当主が殺されてしまうと、あっという間に、萎《しぼ》んでしまった。地侍一族の変死は続き、その後ひと月の間に、さらに二人が殺され、また別の一人――当主の妻が乱心して首吊《つ》り自殺したという。

ほどなくして、全島民の移住が決定したが、それら一連の奇怪な事件は何ひとつ、本土には報告されぬまま、有耶無耶《うやむや》のうちに廃村になり、無人島になった。


なんともまあ、と話をきいた私は思った。

伊豆は魔界に近く、その種の話はたくさんある。

青《あお》ヶ島《しま》には、島民七名を殺して自殺し、祟り神になった男を祀《まつ》った東台所《とうだいしょ》神社があるし、伊豆諸島全域に、大島で悪代官を誅殺した二十五人の若者たちにまつわる〈二十五日様《さま》〉で知られる伝説がある。

そういえば、大島といえば、かの魔王、役《えん》の行者《ぎょうじゃ》が配流された島だった。

だが、伝説はいつも遠く、ここまで私と距離の近い話は初めてだった。

以後、この青天狗の話は、私の話の中では十八番《おはこ》的なものになった。下千島に見届物配達をしていたところからはじめ、最後に「それが、例の、張り子の富士を見に行ったとき、奴がいたんだよ」という部分にさしかかると、聴衆が、しん、となる。それが気持ちよかった。

この話をすると、不思議なことに、抱く感想というか解釈が人それぞれ違っていた。

下千島に出没した青天狗とは何だったのか。

おそらく鷺照は、仮面をすることで、全くの別人格になることができたのだと思う。豪胆で威厳があり、残忍な神に。役者の中には一種の憑依《ひょうい》を経験する者が多いし、巫《み》女《こ》も神がかったりする。そうした変身が、極限状態の鷺照にも起こったのだろう。

なにしろ「不死の神」になるのだそうだから。

だが、私が思いもしない解釈もきいた。

ある酒席で隣になった小学校の教員などは、全ては島民が仕組んだものだという説を語った。

——あくまで、部外者としてはね、そうとしか思えないのですよ。

以下は彼の推理である。

時代の転換期、明らかに弱体化していく地侍と、それまでに積もりに積もった島民の怨《うら》み。

下千島の島民の何人かが、いやことによると全員が共謀して悪代官とその一族に天誅を下したのだ。

鷺照は、仮面をもって島抜けを試みようとして失敗した。島のどこかに流れ着いたか何かで島民に発見された。だが役人には報告されずに島民に匿われた。

そこで密約が行われた。

特別におまえを匿ってやる。決して顔をださずに隠れていろ。かわりにおまえの持っている面を使わせてもらう。

島抜けを報告されたら殺されても仕方ない。

鷺照からすれば、もう島民のいうなりになるしかない。

末松家あるいは役人に怨みを持つ血の気の多い島民が、鷺照が手にしていた仮面を被り、凶行をはたらいた。

目論見《もくろみ》通り、鷺照の仕業として島を騒がせた。無人島や、森の中の神社を探しても鷺照が見つからないのは当たり前だ。島民が、匿っているのだから。

その後、末松家当主をやったのも、おそらくは島民だ。栗太郎殺しの対応のぬるさを見て、それではもう一撃、と動いたのだろう。

おそらく島民は、事態の推移次第では、鷺照を殺して青天狗の仮面を被せ「賊を発見したので自分たちが殺した」ということにしてしまえば良いと考えたのだろう。だが現実には島民側が追い詰められることはなく、末松家はあっさり崩壊し、沈黙したので、鷺照は生きていられたのだ。

そういう解釈は思いつきもしなかったが、いわれてみれば、なるほど、そちらの推理にも頷ける部分があると思った。

私が会ったのは鷺照かどうか、確かめる方法はなくもない。生きていれば両親に会いにいくに違いないのだ。だが、私はもとよりあの老夫婦の住所は知らなかった。

手掛かりといえばもうひとつ。

確か、鷺照の店は、富岡八幡宮近くの大きな樹の近くにあったのではなかったか。これについてはおぼえていた。

下千島の話を知った数日後、どうしても気になったので、私は深川の富岡八幡宮に足を向けた。

煙草屋の主人に、このあたりに注連縄をした大きな樹はないかときくと、場所を教えてくれた。

そして、私は大銀杏の前に立ったが、周辺には店らしきものはなかった。

間違いなく江戸生まれだろう着物姿の年配の女が歩いてきたので、一礼し、声をかけた。

「すみません、このあたりに居酒屋だかなんだかありませんでしたかね」

女は足をとめて首を傾げた。

「居酒屋？」

「潰《つぶ》れちまったのかな」

「どんな店です？」

名前はでてこなかった。なんだったか。二階を博打に使って遠島になったのではなかったか。

「いや、二階建てでね。江戸の時分に、その店の旦那が、博打やら尊王攘夷やらで遠島になったって店で、その……」

どこまで話せばいいのか。

だが、それで婦人は思い当たったらしく、ああはいはい、と頷くと「そりゃあ『とみせ』のことでござんすか、だいぶ前に燃えちまいましたな」といった。

『とみせ』ね。女将《おかみ》ひとりで切り盛りしていたようですがね。でもねえ、いつだったか、十年だかそのぐらい前に、急に火がでて」

付け火の疑いもあったという。

「全部燃えてなくなって」

あそこにありました、と婦人はすぐ前を指差した。そこには別の家が建っていた。

「火事のときは騒ぎになりましたなあ」

焼け跡には、そこの女将と思われる黒焦げの死体があったそうだ。

「ナンマンダブナンマンダブ、いい店だったようで惜しいですねえ、まああの店の造りなら、炎が大きくなる前に、逃げられそうなもんですけど、煙を吸ってしまうと駄目といいますからねえ」

しばらく立ち話をした後、婦人に礼をいい、その場を去った。

結局真相はわからない。

ただ、想像するだけだ。

鷺照は流罪人集落から姿を消すと、青天狗になり、島抜けどころか、村役人を次から次へと殺し、追い詰めまくってついには小さな島を沈黙させた。死者として記録されたまま、なに喰《く》わぬ顔で本土に戻り、かつて自分をはめた女のもとに向かい、おそらく金を奪い、身動きできぬようにした後、店ごと焼き殺した。既に〈死人〉なのだから少々のことでは容疑者になりようがない。そして——何喰わぬ顔で、背広などきて、晩秋の浅草で私とすれ違い、人ごみの中にかき消えていった。

大したものだ。天晴《あっぱ》れ、といってはいけないのだろうが――。

恐ろしい殺人者はいつも捕まって処罰されてしまえば良いと思っていたが、どうしてだか彼方の島の魔人には逆の気持ちを抱いた。

名を変え、過去を隠し、誰にも捕まらずに新しい時代を生きていけばいいと思った。

今にして思えば、あの時代は、輝き始めたガス灯の下を、あちこちの闇からやってきた得体の知れない妖怪《ようかい》たちがたくさん行き交っていたのだと思う。

明治も二年前に終わった。今日もうちの宿は、いろんな客で賑わっている。

青天狗のその後は知らない。

# 死神と旅する女

# I

五月。

どうどうと、生温かい風が吹く日だった。

十二歳の少女フジは両傍《はた》に躑躅《つつじ》の咲く道を歩いていた。

尋常小学校からの帰り道だったが、級友について自宅とは違う方向に歩いているうちに、いざ級友と別れてひとりで帰る段になって迷ってしまった。

雨をたたえた重そうな黒雲が、森の上を通過していった。

はやく帰らねば、とフジは思った。

しかし、歩く方向があっているかもわからない。

開けた丘の上にでた。

広がる田園地帯が見渡せた。

そこにはフジの他に二人の男がいた。

岩に腰かけてにやにや楽しそうに笑っている中年の男と、歳の頃、十四、五に見える若い男である。

父子《おやこ》に見えないこともなかった。

若いほうは袴《はかま》をはいていた。髪は刈り込んでいて、頬には吹き出物の痕《あと》がある。おや、と目を引くのは、腰に提げた刀だ。

中年のほうは、天狗《てんぐ》の面を頭に載せ、山伏の白装束をしていた。錫杖《しやくじょう》をもっている。

——この人たちに村さ帰る道をきいてみるべか。

そう思い、声をかけようとしたところ、中年の男のほうがフジに顔を向け、先に口を開いた。

「なんとも運が悪いところに現れたなあ、娘さん。実はこのぼんが、人を斬って度胸をつけたいそうで、悪いがあんた斬られてやってくれんかな」

ぼんと呼ばれた若者が、ではやります、と腰の刀の柄《つか》に手をやった。

見ている間に、すらりと抜く。

銀の刀身がぎらっと光る。

「う、あ、え？」

フジはうろたえた。

大正である。武士が歩いている時代ではない。ただ御一新の前に辻斬《つじぎ》りはよくあったと祖父母から聞いたことはあった。

「獲物を苦しめるんじゃないぞ。一撃で葬れ」

中年の男は岩に腰かけたまま若者に言葉を投げた。

フジの膝《ひざ》小僧が震え始めた。

冗談だろう。あの刀はお芝居の小道具かなにかで、ふざけているのだ。

だが場の雰囲気はそれなりに緊迫している。

まさか――本気で？

「ちょっとまっ」

ちょっと待ってくだせえ。

フジが後退したその瞬間、

「えやっ」と叫んで若者は刀を振った。

顔のすぐ前を刀は空振りした。

下がらなければ斬られていた。

若者の目は充血し、鼻息は興奮した牛のように荒かった。額に汗の粒が大量に浮かんでいた。

「もっと落ちつけ」中年の男がいう。

若者が再び刀をかまえた。

覚悟が定まっていないのか、切っ先がぐらぐらと揺れまくっている。

フジはぴょんと後ろに跳んだ。

背後に杉の樹があった。若者は追ってきて横薙《よこな》ぎに振る。

これも当たらずに、樹の幹にざくりと刃が刺さった。若者は樹から刃を抜こうとするが、挟まってしまい、てこずっている。

「ちょっと待てい」

中年の男が咎《とが》めるようにいった。若者は顔を真っ赤にして数歩下がると、指示を待つように中年の男に首を巡らした。

「ダメだ、ダメだ。腰がはいっとらんし、気迫もないし、のろのろうだうだ。おい、ちょっと趣向を変えよう。娘。お主《ぬし》に生き残る機会をやる」

中年の男は大岩から飛び降りると、ひょいひょいと天狗の如き身軽さでフジの前に立ち、鞘《さや》から抜いた小刀を渡した。

「これでこのぼんを殺せ。殺せたら、命拾いじゃ」

若者がはっとして、中年の男を見た。

「なんじゃその顔。不服、不満か？　無抵抗の女しか斬りたくはないわけか？」

「知らない女だ！」

若者は頬を紅潮させていった。

「知らない女だから気も咎めないで斬れるんだろうが！　言い訳する奴は、わしの弟子にはなれん。さあ、戦って覚悟を見せい。命がけの試合じゃ。はじめ」

中年の男は、岩のところに戻ると腰かけた。

「なしてなの」

フジは若者に向かって懇願するようにきいた。

状況が全く呑《の》みこめなかった。

どうしてこんなことをせねばならないのか。

若者の目が泳いだ。

「うるさい。死神にとりつかれたのだ。お、おまえ、斬られてくれよお、大人しく死んでくれよお。でないと俺があいつに殺されてしまう」

死神とは、背後で様子を見ている中年の男のことか。

若者は刀を小さく突き出したりひっこめたりを繰り返しながら近寄ってくる。

フジは、あまりものを考えずに行動する。

六歳のときに兄に「仏間の仏像は夜、動いて鼠をしとめて食べておるのじゃ。夜に起きて目があうと首を絞められるぞ」と囁《ささや》かれ、恐怖のあまり家を抜けだし、村はずれまで歩いて、朝まで蹲《うずくま》っていたことがある。九歳のときには学友に、露店の玩具《がんぐ》を盗むように指示され、躊躇《ちゅうちょ》なくやって盗品をみなにくばりまくった。発覚し、顔が腫《は》れるまで殴られた。そのときは母と姉が地面に膝をついて香具師《やし》に謝罪をしていた。十一歳になると、路地裏で男たちに見せてくれと頼まれたら、着物の裾《すそ》をたくしあげて局部を見せた。

阿呆《あほ》娘、そう陰口を叩《たた》かれることも多い。流されやすい——のだ。騙《だま》されやすく、雰囲気に従いやすく——考えない。かわりに、その瞬間、その瞬間での決断は速い。若者が一歩を踏み出したその瞬間、フジはさっと飛びこんで、若者の身体に小刀をめり込ませた。

咄嗟《とっさ》の動きであって、考えてそうしたわけではなかった。

「い、あ、いあっ！」若者は苦悶《くもん》の叫びをあげた。胸から小刀の柄がでている。

中年の男が岩の上に満面の笑みで立った。「勝負あり！　ふうむ、でかした。娘よ。気にいった！」

若者は苦悶に呻《うめ》き、涙を流しながら膝をついた。ぼたぼたと血が地面に流れる。

私はなんという——。

「ひっあ、あだし、あ、あ」フジは若者と、天狗の面を頭にかけた中年の男を交互に見ながらいった。

とんでもないことをしてしまった。

「すみません、ごめんなさい、ごめんなさい」

これまで自身が咄嗟に選択したことで良い結果がでたことなどなかった。

「手当て」

「深傷《ふかで》すぎてもう無駄じゃ」中年の男が大きな声でいった。

フジは涙目で、へなへなと膝をつき地面に額をこすりつけた。

「許してくだせ」

「それはできん。おまえはこいつを殺した」

男は地面に血を流して倒れている若者を指差した。若者は相変わらず呻き声をあげ続け、まだ息があるようだったが、手当てをする気はないようだった。

男は若者が使っていた刀を拾いあげ、フジの前に置いた。

「次の相手はわしじゃ。使うがよい。見事わしを斬ってみよ。そうすれば許して帰してやる。斬れなければお主はわしがもらう」

「あ、あんたを斬れば村さ帰れるだか」

「帰れるとも。辻斬りに襲われ、返り討ちにした、それで誰もが納得する」

フジはさっと刀を拾い上げると、わっと間合いを詰め、男に向かって振った。

男は全く動じずに、紙一重で攻撃をかわした。

「思い切りが、いい。剣を振るのは生まれて初めてか」

「初めてだ、ども」

「よいよい。こんなときに律儀に答えんでいい、どんどんこい」

しばらくフジは、無我夢中で男に向かって刀を振りまわし続けた。

この中年の男は、さきほどの若者とは全く違っていた。

なにしろ攻撃の一切が「届かない」のである。月や、蜃気楼《しんきろう》を相手にしているようなものだった。

どれほどの時がたっただろう。

やがてフジは刀を落とした。もう無理だった。手の筋が疲労の極みに達し、刀を持ち上げることすらできなかった。

足がもつれ、仰向《あおむ》けに倒れた。背中で草と土を感じた。

逆光で黒い影となった男が、喉元《のどもと》に杖《つえ》の先端をつきつけた。

「筋がよい。これは拾ってやらねばな。さあ、これでお主はわしのものだ。私はあなたのものです、といえ」

荒い息をつきながらいった。

「私は、あなたのものです」

口にした瞬間に、心のどこかに鍵《かぎ》がかかったような気がした。

そこから先、思考は放棄した。

「わしのことは時影《ときかげ》様と呼べ。お主の名は？」

男はいった。

「フジです」

「ふむ。フジ。ではいくぞ」

ちらりと見ると若者はもう動かなくなっていた。

二人は風吹きすさぶ丘を後にした。

## 2

甲高い汽笛が響く。

黒く大きな車輪がまわりはじめる。

フジは汽車の座席《シート》に腰かけていた。

窓の外では、田園風景が流れている。

汽車に乗るのは初めてだったし、どこに向かうのかも知らなかった。

そもそも、どの駅で乗ったのかも不明瞭《めいりょう》なら、どこを走っているのか、今停車したのがどこなのかもわからなかった。

フジはいつのまにか洋装をしていた。

黒い革の靴に、白い刺繍《レース》の襟服《ブラウス》、そして洋袴《スカート》。

普段はつぎはぎのもんぺや、木綿の着物のフジにとって、あまりにも奇抜な気取った格好で、恥ずかしかった。

向かいあった前の席には背広《スーツ》に帽子の男、時影がいた。

彼もまた山伏姿から洋装に変わっていた。

「あの人のことは、いいんだすか」

自分が斬った若者のことだ。

「いいんだ」時影はいった。「同情などせんでいい。あのぼんは、父親と喧嘩《けんか》になって親を斬り捨て、止めにはいった祖母も斬り、山に逃げ、夜盗にでもなろうとしていたところをわしが拾ったんだが、思いのほか度胸もなく使いものにならん。お主のほうがずっとよいわ」

「だども」

「最初にいっておこう。掟《おきて》と心得よ。わしを疑うな。長生きしたければな。わしを信じろ。この世の全ては煙のようなものだ。おまえは夢の中にいる。何も知らぬままでいいし、何も知らぬほうがいい。ただいわれたことだけやればいい」

「あんたは、誰だす」

「おまえの主人だ。これから最初の仕事をしてもらう」

時影はフジに細長い包みを与えた。

フジは包みを開いた。

装飾の施された鞘に納まった刀だった。

「これ妖刀《ようとう》、百舌《もず》真《ま》なり。人の血を吸い続けてもう二百年たつ。群を抜いた切れ味だ」

「刀……？」フジは時影を見た。

「おまえの仕事道具だ。なあに、さくっと抜いて、さくっと当てればそれで終わりだ。〈場所〉も〈段取り〉も全てこちらが決めておく」

時影が命じた男を殺す。

それが仕事。

広々とした洋室だった。

窓のそばに観葉植物が飾られていた。

部屋の奥には大寝台《ダブルベッド》。真新しい敷布《シーツ》が敷かれている。

フジは寝台《ベッド》に腰かけていた。

時影に案内され、ここに座って待つようにといわれたのだ。

がちゃりと取っ手《ノブ》がまわり扉《ドア》が開かれる。

白い燕尾服《タキシード》の若い男が入ってきた。円い眼鏡をしている。

寝台に座っているフジを一瞥《いちべつ》もせずに、上着を壁にかけた。

それから三鞭酒《シャンパン》を持ってきて、杯《グラス》で少し飲むと、ようやくフジの隣に座った。

酒と煙草と香水の匂いがした。

「君は何歳だい」

フジは答えずに微笑んだ。

何をきかれても、できる限り喋《しゃべ》らず微笑んでいろ、とあの怪人——時影にいわれていた。

この気取った男が何者か知らないし、この部屋が何なのかも知らない。

「私のような地位の人間は、人目があるのでね。特にいまどき、高貴な血筋というやつは、不便なもので、下賤《げせん》な娼婦《しょうふ》は簡単には買えない。名前に傷がつく。こうしてわざわざお忍び用の別邸にきて、ようやく、遊べる。まったく困ったものだ」

　知らないよ、フジは思った。

「まだ昔、祖父の代には、女郎の類《たぐい》だけを集めた別邸を秘密にもっていたそうだ。もうそういう時代ではないが」

　フジは微笑んだ。

「君は〈何も理解できず、おぼえてもいられない〉んだって？　便利だな。本当かな。そんな娼婦、本当ならひっぱりだこだと思うが」

「それなのに、処女だという」

　男はフジの胸に手を伸ばした。それから、すっと離れた。

「子供だろう？　そんな形《なり》をしていたってまるで子供じゃないか。怪しいな。何もかもが」

　男は立ち上がると、杯を持ったまま背を向けた。

　フジは敷布の下から百舌真をとりだした。

　寝台に跳びあがり、さっと男のうなじに一閃《いっせん》させた。

　血が噴き出る。

男は声もなく倒れた。杯が割れる。

百舌真を鞘に納めると、扉を開き、真っ白な階段をおりていく。


月光の降り注ぐ中庭に、車が停まっていた。

緑色の車体に、幌《ほろ》屋根。二人乗りだった。

運転席から時影が顔をだす。

「首尾よくやったようだな。おまえが殺したのは、人間に化けた獣だと思っておればよい」

時影は助手席の扉を開いた。

「さあ、乗れ」

乗るなり車は発進した。

「これでいいですか、帰してください」

時影のいわれた通りに殺した。

「おまえの村にか？　まだ駄目だ」

フジの目に涙が滲《にじ》んだ。

「な、なして。いわれた通りに」

やったのに。

「七十七人だ。七十七人殺《や》れば天地神明に誓ってもとのところに帰してやろう」

「はあ？」フジは大きな声をあげた。

「残りは七十六人だ」

「無理です、嫌です、もう帰りたい！」

「お主は、わしのものだといったではないか」

心臓に孫悟空《そんごくう》を縛った輪のようなものがかかっていて、それがきゅっと縮まったような気がした。

――私はあなたのもの。

白い百合《ゆり》の咲き乱れる丘の道を車は走った。

ズロロロという特徴的な排気音に、制動装置《ブレーキ》を踏むたびにギュイム、と音がした。


時影との旅は、夢から夢へと跳んでいるかのような曖昧《あいまい》なものだった。

あるところにいる。しかし、そのまえにどこにいたのかがよくわからない。

食事と寝床は与えられるがいつも違う場所だ。

記憶は見事なほど断片しか残っていない。

断片と断片の間にどのぐらいの時間が流れたのかもわからない。

過去がぼろぼろと崩れ去り、ただ「今」だけがあるように感じた。

断片。

座敷だった。

遊女が外の通りを並んで歩いていた。

フジは、髪を高島田に結い、桃色の内かけを着て座敷に入った。

もちろんフジはそこがどこか知らなかった。

東京なのかもしれないし、そうでないのかもしれない。

座敷には角刈りの男が寝そべっていた。

男は目を細めてフジを見た。

「オイ、俺は、ヨシエを呼んだはずだぞぉ。どうしたあ、この見習《かむろ》いが代わりかい。みねえ顔だな、新入りかい」

そこで不思議そうにいった。

「あんた、なんで腰に刀を提げてんだ。ははあ、それで芸をするんだな」

芸で使用する模造刀を腰に提げてきた、と思ったのだろう。

「まあ、いい。まず芸はいいから、肩を揉《も》んでくれ」

男は着物を脱ぐと、仁王と鯨の戦う彫りものがはいった背中をフジに向けた。

これはやりやすい、とフジは思いながら、さっと百舌真の鞘を払い、横に一閃させた。

男の首筋がぱっくりと開き血が噴いた。

また断片。

夜の漁村だった。相手は暗い目をした痩《や》せた男だった。印半纏《しるしばんてん》をつけ、提灯《ちようちん》を片手に夜道を歩いていた。

フジは楠《くすのき》の大木の陰で、すらりと百舌真を抜くと、男の背後から斬り下ろした。

「こっちだ、フジ、こっちこっち」

仕事が終わり、待ち合わせた場所にいけば、そこに時影が待っている。

吹き荒れる潮風、しなる樹の枝、緑の車、開く助手席の扉。

時影の車に身を滑りこませれば、もう捕まることはなかった。

フジは新聞の字は難しすぎて読めなかった。

自分のしたことが、世の中をどう騒がせているのか全くわからなかった。

ただ、時影は、警察官の前を通るときも、車を運転しているときも、まったく緊張しておらず、その様子がフジを安心させた。

疑念を抱かず盲信せよ——時影の教えは、彼に出会う前から受け身の人生だったフジには難しいことではなかった。

避暑地にある小高い丘の食事処《レストラン》で、黒い燕尾服を纏《まと》った時影と食事をした。フジも衣装《ドレス》を纏っていた。

美しく盛られた赤い肉に、色とりどりの野菜。海老《えび》、貝、魚。

どの料理も、初めて食べる味つけだった。

「もう十人だな」時影はいった。

十人斬った。

人を殺す心理的抵抗はあるが、意外にたやすい。剣豪と斬り合いをしているわけではない。十人とも直前まで、まさか目の前の娘が刺客だとは思っていない。段取りも全部時影がつけてある。斬ればすぐにその場から逃走する。

「残りは六十七人」

七十七人など不可能な数字だと思っていたが、今ではいつかは終わらせることが可能な数字に思える。

「どんどん斬ればいいだすか」

「その通りだ、どんどん斬ればいい」

時影は帆立の貝柱を口に運んでいった。

「獣や魚を捌《さば》く料理人のようにな。まだ帰りたいか？」

「帰りたい」

フジは即答した。

何をわかりきったことを、と思う。

服や、食事や、宿泊する場所は高級なものが提供されたが、そんなことはどうでもよかった。どうせ全ては仮のものであって、自分が豊かになったわけでもない。なにより人など斬りたくない。安全な場所で安心して暮らすのが一番だ。

「まあ、どうせ終われば全ては夢の中の話よ」

「あたしは、どんな人間を斬っているんだすか」

「説明したってわかるまい。おまえはそこがいいのだ。何もわからぬ人形のようなところが。疑念を抱くようなものは長生きできん。最初におまえが斬った臆病《おくびょう》者の顔を思い出してみろ。あいつとおまえ、何が生死を分けた？　あいつは考えた。おまえは考えなかった。だから生き残った」

「終われば本当に帰してくれますか」

フジは時影の顔をじっと見ながらいった。

「終われば本当に帰してやる」

だから、黙って、斬れ。

斬った。

森の中のお屋敷の一室で待ち、軍服で洋刀《サーベル》をぶら下げた男が入ってくるなり首をかっきった。

夏祭りの会場だろう、ずらりと提灯がぶら下がり、御神楽《おかぐら》の笛や太鼓の音が遠くに響く河原で、麻の背広で撫《な》で肩の中年男を斬った。

標的にはいくつかの共通する特徴があった。

ほとんどが成人以降の男だった。必ずしもそうではないにせよ、社会的地位の高い人間が多いように感じた。

一度だけ、応戦された。

どこかの屋敷で着物を着た男にである。フジの初太刀をかわし、花瓶を投げつけてきた。

「誰に命じられた！」男は叫んだ。「いえ！　この国を転覆させんとする国賊の手先であろう」

花瓶は割れ、活《い》けていた百合が床にばらまかれる。

知るものか。そんなことは。

男は床の間に飾られた日本刀を手にした。

だがフジは男に鞘を抜く暇を与えなかった。

次の瞬間には、百舌真は、男の腕を手首から両断し、喉元をかっきった。

血の滲む特訓をしてきたわけではない。

才能、である。

フジには確かに人斬りにおいて、常人ならざる才があった。

窓から飛び出し、樹をつたって塀を越え、道にでる。

緑色の車が走ってきて、ギュイム、と停まる。

「見事、見事」時影は嬉《うれ》しそうに笑った。「素晴らしい絵ができてきた」


過去と現在と未来が分断されている。

日付も季節もわからなかった。

たとえば、満開の桜吹雪の下にいる若者を殺したのに、迎えにきた時影の車に乗り込み、次の場所に到着すると、色づいた銀杏《いちょう》並木が黄色く輝く湖畔だったりする。

時影と移動していると、季節が一日で変わってしまうのだ。

夏が冬に、春が秋に。

異常な旅だったが、車窓を流れる景色を見ていると、いつしか「遥《はる》か昔から自分はこうしていて、この先も死ぬまでこの日々が続くのだ。あの村里の記憶のほうが幻なのだ」という気がしてきた。

自分が育った村里など、もうどこにもないのではないのか。

時影とはぐれることは決してなかった。

一人でいる時間はあったが、どこを歩いていても、ずっと隣にいたとでもいうように、どこからともなく姿を現し「さあ、そこの店に入るぞ」などといいだすのだ。

その名の通り、影のような男だった。十二歳の少女は、見知らぬ土地で、どのように逃げればよいのかがわからなかった。警察の類《たぐい》に駆け込んでも、既に殺しすぎている自分が無罪になるはずがないと思った。行きつく先は死刑だ。そしてまた、超自然的存在の時影からは逃げられない、とも感じていた。

「三十人目だな」

時影はいった。酒器に清酒を注《つ》ぐと、一気に飲み干した。

宿の二階座敷で、食事が終わったところだった。

「おまえは凄《すご》いな。モチがいい。たいがいは途中で、しくじるか、逃げ出すか、疑問を抱き壊れるか、するのだが」

「意味があっての殺しなのですか」

殺す理由をきいて、きちんと時影が答えたことはなかった。

だが時影はいつになく酔っていたのか、このときに限っていった。

「何度も同じ質問をするんだな。そうだな、一度ぐらい答えてやろう。意味はあるといえばあり、ないといえばない。人の生がそうであるのと同じようにな。わしはな、運命に仕えるものだ。運命という言葉がふさわしいかどうかわからぬが、わしが仕えているものを説明するのに他に適当な言葉がわからぬ」

と語りだした。

ちょうど画家が絵を描くようにな。運命に注文された〈世界〉という絵を作っておる。

どのように作るのか。

人を殺して作るのだ。

考えたことはあるか？

もしもある人間が、この世に存在しなかったとしたらどうなるのか？

たとえば、本来六十まで生きる男が、七つで死んでしまったとしたら？

すると、そいつの七つ以降の人生は、煙のように消滅し、夢幻となる。そいつだけの話ではない。そいつの子々孫々は消滅し、かわりに新しい系図が生じる。仮にだが、消滅する人間が徳川家康《とくがわいえやす》のような、政権に影響を及ぼす人間であったなら、歴史が大きく変わる。

だが、ここで面倒《めんどう》な問題がある。

わしには殺せぬのだ。

わしはあくまで影のような存在であり、直接に関与できない。

画家は自分一人では絵を描けないのだ。そこで人間の〈絵筆〉が必要になってくるのだ。

おまえはわしの芸術のための〈絵筆〉なのだ。

「描いているのはどのような絵なのですか」

フジは話の半分も理解していなかったがきいた。

「人智でその絵を解することはできぬ。芋虫に文学がわからぬのと同じだ。信じるか信じぬかは、お主の勝手だが、歴史というものは我々が天啓を受けて作ってきたし、今も作り続けている。そして我々が作ったものの真の姿は人間には視えず、触れられず、理解もできない」

そこまでいうと、時影は口を噤《つぐ》み、話しすぎたことを後悔するように舌打ちした。

「じきに終わりだな。よく頑張ったものだ。たまには寄り道しよう」

七十人を超えて少しした頃、時影はいった。

時影はある通りにフジを案内した。

道にそのまま玄関が面した家が立ち並び、どの家のまわりにも、鉢植えが並んでいた。生活感のあるごちゃごちゃした通りである。

包みをもった和装の若い女が一軒の家からでてきた。

「あの女だ。ちょっと斬ってこい」

時影は命じた。

「本気ですか？」

「うむ」

若い女が標的だったことはこれまでに一度もなかった。

フジは百舌真を抜くと、女の背に向けて走った。

振り上げた瞬間に、今まで全く思わなかったことを思った。

――まだ若い女の人だ。どれだけ痛くて悔しいことだろう。

フジは刀を振りおろせずに止まった。

斬り殺さなくては。

標的の命に差などあるものか。若いから。女だから。そんなものは見せかけの美意識だ。死神は等しく死を与えるものではないのか。

くるりと女が振りかえった。細い切れ長の目に、長い睫毛《まつげ》の持ち主だった。

「何ですあなた。私に御用かしら？」

フジは十二歳の少女である。目の前の女よりひとまわり身体は小さい。

「え、いや、その」

女はフジの手にしている刀に目をやった。そして通りを見回し、人通りがないことに気がついたのか、顔色が曇った。

フジはごくりと唾《つば》を呑んだ。

「その、ほんの少しだけ、いいですか？」こんな風に標的にきくのは初めてだった。

「はあ」女は訝《いぶか》しげにいった。

「あの、ですね。あなたはその」何をきこう？　名前？　そんなものきいても意味はない。つまり自分が殺してもいい相手なのかが知りたいのだ。

「えっと、結婚、なさっている？」

「はい。家に四歳の男の子が一人、一歳の女の子が一人います。今、恩師から菓子を包んでもらったので、家に帰るところです。あなたは？」

かしこまった口調でいってから、女はきっと視線を強め、腰をかがめた。

「お嬢さん、あなたの手にしているものは、そりゃ何かね。お父さんのを持ってきたのかい？」

　フジは百舌真を鞘にしまった。

「失礼しました」

　そしてたんたん、と後ろ向きに跳ねて、距離を置くと、待ちなさい、という声を背に受けながら走った。

　時影の車に飛び込む。

「斬れません」これまで時影に逆らったことはなかった。だからこれは必死の反抗ともいえる。

「なんでだ？」

「だってあの人は」

　時影の〈寄り道〉という言葉もひっかかっていた。どうも正規の仕事ではなく、時影の個人的《プライベート》な理由という気がする。

「七十七人に含まれるんですか」

　七十七人斬れば帰れると約束した。

　だから予定の七十七人は斬るとしても、それ以外の人間までは斬らない。それは意地でもあり矜持《きょうじ》でもある。それを譲れば際限なく人を斬ることになりかねない。

時影は一瞬茫然《ぼうぜん》とした顔をした。

そして舌打ちし、少し考えてからいった。

「含まれん。あの女を殺すのは、いってみれば、わしからの贈物《プレゼント》のつもりだったのだが、まあ、いい。気が引けるなら、いいだろう。別に。ただ、残りの仕事はちゃんとやれよ」

これまでになかったことだが、車が走りだし、しばらくすると手が震え始めた。

これはなんだろう？

フジは訝しげに、震えの止まらぬ手を眺めた。

私は殺してもいい相手なのか知りたくて、話しかけた。だが――理由もなく殺してもいい相手なんか、そもそもこの世にいるはずがないではないか。

そこから最後までの数人は地獄だった。

死神の絵筆はついにガタがきたのだ。

いざ殺す瞬間まで全身に抑えようのない震えがきて、殺す時にはおさまるものの、殺した後はまた震え始める。殺した後はひどく塞《ふさ》ぎこんだ。

そして満身創痍《そうい》で最後の一人――七十七人目の男を斬った時、

「約束を見事果たしたな。わしは鬼ではない。これでお主は自由だ、家に帰れ」

と、時影はいった。

## 3

放心したフジが畦道《あぜみち》を歩いているのを村人が発見したのは、フジがいなくなってから三日後のことだった。

すぐさま村中にフジの帰還の噂がとびかった。

フジの母は、フジを連れて町に向かうと、そこで大きな病院の医者にみせた。

「それでどこにいっていたんだい」医者がきくと、フジは答えた。

「いろんなところです」

「いろんなとは？」医者はきいた。「地名はおぼえていないかい」

「わかりません」フジはいった。「海や、山の近くや、ごちゃごちゃ家の建つところや、雪の降っているところ」

「フジちゃんがいなくなったのは、今月だろう？　雪かい？」

五月である。山の上のほうや、ずっと北のほうならまだ雪が残っているところもあるだろう。

「別のところでは楓《かえで》が真っ赤に色づいていて」

医者は微笑んだ。それはおかしい。

「ううん、他には？　思い出してごらん」

見晴らしのいいところで、洋装になって、食べたことのない贅沢《ぜいたく》なものを食べたことなども話した。

人を斬りました、とはいわなかった。そんなことをいったら、一生を牢屋《ろうや》で暮らすことになると思った。

「山の中で夢でも見たんでしょう」

初夏の陽気に誘われて野に迷い、そして戻ってきた。

いくらかの幻を見た。そのような解釈の他に何ができるというのか。

夢だというならそのほうがいい。フジは思った。人殺しも夢なら咎《とが》も受けない。

その後、平穏な日々が続いたわけではなかった。

変化は夜からはじまった。

夜に眠るとき、頭の中が羽虫の羽音でいっぱいになった。

あるいは、悪夢にうなされ、はっと半身を起こすと、壁にも襖《ふすま》にも、部屋中に目がついて自分を見ていたことがあった。その目は、しばらくすると消えた。

村のあちこちに潜んでいる妖怪たちが、夜になると〈死神と旅した女〉の顔を見に来ているような気がした。

幻覚と幻聴が続いたが、それも夏の間だけで、夏が遠ざかるのにあわせるように、潮が引くように終息していった。

フジは夏の終わり頃、庄屋《しょうや》の娘のところにいった。

美琴《みこと》という名の小学校の学友だった。

美琴はたくさんの本を持っていて、フジの知る限り、村で一番ものを知っていた。

フジがやってくると、玄関先で美琴はいった。

「あなたとはあまり仲が良かったわけではないけど、何をしにいらっしゃったの」

「遊びにきたの」フジはいった。

「何をして遊ぶのかしら？」美琴は首を傾げた。

「お部屋で本を読んで」

フジは当然だというようにいった。

「あらそう。ではお入りなさい」美琴はフジを自室に案内した。

美琴は揺り椅子に座った。

フジは、美琴の部屋の天井まで届く本棚を眺めまわし、本の背表紙を指でちょんちょんとつつくと、読んでいいか？　と美琴にきいた。美琴は、どうぞ、といった。

一冊抜き取る。

開いたのは、紡績工場について書かれた本だった。

本を読むフジを、美琴はしばらくじっと眺めていた。

「ねえ、今年の五月頃のことだけれど」美琴はいった。

「あなたはお山に入って、行方不明になっていたわね」

美琴は眼鏡をかけると、フジに近寄ってきた。

「何があったの？」

「おぼえていない」

「男の人に、変なことされた？」

フジの脳裏に一瞬、時影の顔が浮かんだ。人を斬らされたのだ。これは、変なことをされたといっていい。フジは頷《うなず》いた。

「痛かった？」囁くように美琴はきいた。

フジは首を横に振った。

痛いとは？

美琴の眼鏡の奥の目が光った。

「じゃあ、その……あの……凄かった？」

「殺されなくて良かったと思う」フジはいった。

「そうよね。ごめんなさい。変なこときいて。絶対に誰にもいわない。でもね、私、知りたいの。知りたくて知りたくてたまらない。三日間一人ではなかったんでしょ？　妊娠しなくて本当によかったけれども、どんな男だったのか。みんな噂してるもの」

「変な夢みたいな話だし」

美琴は窓と襖を閉め、これで外には聞かれまいとばかりに声を潜めるといった。

「その変な夢みたいな話をして」

フジは頷いた。最初に自分の話すことは何もかも夢なのだから大げさに捉《とら》えないで欲しいと前置きした。

夢だと前置きしたなら、人を斬った話もできた。もともと、フジは話すつもりだったのだ。村一番の博識少女の意見がききたかった。

その冬、フジは美琴のところに通い続けた。

火鉢に当たりながら、美琴にきかれるままに、フジは何度も何度も話した。

「死神と旅をしたのね。それで、七十七人を殺したのね」

美琴はうっとりといった。

「本当に七十七人も殺したのかどうかわからない」

現実には、近隣の山で若者の刺殺体が見つかったという話もなかった。日本中で辻斬りが多発しているという報道もない。そもそも、フジがいなくなったのはたった三日間なのに、フジの旅の物語から推察される七十七人を斬るのにかかった日数は明らかに数十日以上である。日数が全くあわない。

「夢でも嘘でも凄《すさ》まじいロマンだわ。私には起こり得ないけど、あなたにはそんな不思議なことが起こり得るような気がしてくる。あなたは何かこう理性の緩い部分があるもの。でも、最後はどうなったの」

「気がついたら、一人で村に戻る道を歩いていたの」

「あなた、旅にでて良かったのよ」美琴はいった。「ずいぶん変わったし、面白い人になったわ。昔のあなたは、先生に何をきかれても、にこにこしてだんまりをきめているだけだったし、いわれるままにものを盗んだり、にやにやしながら男の子に股間《こかん》を見せたりするような、本当に羨《うらや》ましいくらい空っぽの人だったから」

「今は？」

「考える人、の顔をしている」

確かにそうかもしれない。今は好奇心が湧きあがって、ものをどんどん考えるようになってきている。

美琴は興味深げにいった。

「これからさらに変わっていくのでしょう。人間って変わり続けるものだから」

美琴の予言通り、フジは高等小学校に上がるや否や、長い眠りから目が覚めたかのように、理性のある女になった。海綿《スポンジ》のように知識を吸収し続け、成績をあげた。

そして刃物恐怖症になった。

どこかで模造刀の類を見るだけで、反射的に全身に嫌な汗が浮かび、息が苦しくなった。料理の際に握る包丁も怖かった。

やがて大正が終わり昭和がはじまった。

フジは十七歳になると単身東京にでた。

路面電車の脇を、人力車が通りぬけていく。

どうせ家は長男が継ぐし、あの村にいる限り特別にいい縁談が転がり込んでくる見込みもなかった。

美琴も村をでて東京の女学校に通っていた。

東京はまだ大震災からの復興途中で、潰《つぶ》れた家屋や、瓦礫《がれき》の山があちこちにあった。

さきの世界大戦での好景気も終わり、時代は大恐慌へと向かっていた。

いつしかフジと美琴は親友になっていた。

お互いの家に遊びにいってお茶を飲んだり、連れだって行楽にでかけたりした。

そんな折、新聞に記事がでた。

それはある財閥の御曹司が、軽井《かるい》沢《ざわ》の別邸にて何者かに襲われ、死亡した事件について報じたものだった。

目撃者がおらず、また現金などが盗まれた形跡もなく、犯人は全くの謎で、傷口からして、背後から首を長い刃物で斬りつけたのではないかということだった。

フジはその記事を読んだとき、脳裏に白い燕尾服の男が自分の胸をまさぐる映像が浮かんで消えた。

まさか自分の体験は事実だったのか。

わからない。

事実とは、この事件の犯行日時に、自分は食料雑貨店の会計場に立って仕事をしていたということであり、それに勝る事実などあるはずもない。

仮にこの事件の犯人が自分であったとするならば。フジは考えた。

時影の車は時空を超え、旅していた、と考えるべきなのだろう。確かに、季節はめまぐるしく変わっていた。

その後、犯人不明の斬殺事件はぽつぽつと新聞にでたが、フジはできるだけ目を逸《そ》らし、見ないようにした。

結局は〈夢〉だった、という解釈をとり続けるしかないのだ。そうでなければ日常生活を送っていけなくなる。

## 4

ある休日、桜咲く川沿いの土手に、フジは腰かけていた。

周辺は花見客で賑《にぎ》わっていた。

と、そのとき上流で子供が土手から川に落ち、流され始めた。

一緒に遊んでいた子供たちが悲鳴をあげたが、親はまだ宴《うたげ》に夢中で気がついていない。

フジは慌てて飛び込んだ。故郷の川で夏の間は泳ぎ続けていた。水泳には自信があった。

川に入るとさすがに四月の水で、刺すように冷たかった。

桜の花びらが川面《かわも》にびっしりと浮いていた。

さほど深くはなかった。ざぶざぶと進むと、見れば隣に、一人の青年が同じように救出にきていた。背の高い、体格のいい男だった。

「二人で引き揚げましょう」

体格のいい男はいった。

やがて男の子が流されてきた。フジが受け止めたが、あっと重心《バランス》を崩したところを男が支えた。

「さあ、こっちこっち。それにしてもぼくよりはやく冷たい水に入るとは、大胆な娘さんだ」

男は笑っていった。

冷たい水に浸《つ》かっているのに、同じようにズボンをぬらした男に笑いかけられると、まるで遊んでいるような気になった。

二人で岸に子供を引き揚げると、家族が駆けよってきた。大事はなく、水を少し飲んだだけであった。

ずぶぬれの二人は、子供の両親に何度も頭を下げられた。

「よろしければ、お二人とも服を乾かしにいきませんか？　すぐそこに私たちの経営している和菓子屋があるのです」

男は笑ってフジに囁いた。

「これは好機到来。もしや羊羹《ようかん》なんかをいただけるやも？」

フジは嬉しくなって笑った。すっかりこの男が気にいってしまった。

この縁から交際がはじまった。

桜の川で出会った男の名は桑本誠《くわもとまこと》という。

そのとき桑本は二十七歳で、フジは二十歳。桑本は商社に勤めていた。

桑本と一緒にいると、何が起こっても楽しかった。

土砂降りの雨にずぶぬれになっても、何かそれが「とても面白い状況を神様が準備した」ように感じてしまうし、普段はおよそ何も感じない音楽なども、桑本に誘われて音楽会などに一緒に聴きにいくと、それが自分の青春を彩る唯一無二の宝だというように印象が変わるのである。

強烈な恋だった。吸い寄せられるように二人は逢瀬《おうせ》を重ね、時間を共にした。

ここまで異性に胸を焦がすことは、フジのこれまでの生涯ではなかった。

何もかもが良かった。見てくれも、声も、発する言葉も、仕草も、人への接し方、振る舞いも、どれも愛すべき人だった。

だが、桜の川での出会いより、数ヵ月後、桑本誠から別れをきりだされた。

「フジさん。ぼくは結婚しなくてはいけなくなった」

「どこの誰と！」

「うちの会社の社長の令嬢と」

フジは困惑した。

桑本の説明によれば、まだ令嬢が幼かった頃に、桑本が家庭教師をしており、かなり気に入られているのだという。

　出世目当てというわけでは決してないが、社長一家とは家族ぐるみで付き合いがあり、これまでどれほど世話になっていたかしれず、縁談を断るのは仁義に反するし、社内での立場にも支障がでる――というのである。

「でも私、マコさんと別れたくない」

　フジさん、マコさんと呼びあう仲だった。

「ぼくもだ」桑本はフジを抱きしめた。「ぼくはフジさんのほうが一緒にいて気楽だし、落ちつく。彼女の家ときたら、何もかもが気取っていて、上品ぶっていて、本当に疲れるんだ。いっそのこと、フジさんと心中したい気もする。フジさんにはお妾《めかけ》さんという道もあるのだが……それでは不憫《ふびん》すぎる」

「私はそれでもいい！　マコさんと別れるぐらいなら妾でもいい」

　フジの家に遊びにきた美琴は、話をきくと呆然《ぼうぜん》としながらフジに忠告した。

「妾って、見そこなったわ。フジちゃん、あなた、ちょっと目を覚ましなさいよ」

　その当時、地位、財力のある男が正妻の他に妾を作ることは、珍しいことではなく、またそれほどの非難を受けるようなことでもなかった。妾は妾で子を作り、養育費をもらったし、正妻が死ねば妾が正妻の地位に納まることもままあった。

「だってあなたのお相手は、会社員じゃないのさ」

美琴は、妾という存在を、倫理的にも、女の人生の選択としても、決して良いものとみなしていなかった。

「だいたい奥さんがどんな気持ちになるか、想像できないのかしら？」

「会ったこともない社長令嬢とやらの気持ちなんか知ったことじゃないわ」フジはいった。

「あなたはもっと素直で、人の心がわかる人だった」

「わかるはずない。七十七人を殺した殺人鬼が正体だもの」

「男なんていくらでもいるでしょうに」

「マコさんと同じ男は一人としていやしない」

「きっとその男は七十まで生きて、正妻は八十まで生きる。ついでに妾に相続権はないのよ」

「それで構わない。なぜなら私はお金目当てじゃないから」きらきらと輝く目でフジは堂々といった。「好きでもない女と結婚するはめになったマコさんの癒《いや》しになって支えてあげるの」

そして桑本と令嬢は結婚した。

もちろん、桑本と令嬢の結婚式には呼ばれなかったが、一目、愛する男と結婚した女を見てやろうと、フジは後日、桑本の新居の近くをうろつき、遠目に桑本の妻の姿を確認した。

顔立ちにも背格好にも見覚えがあった。

あの切れ長の目。

どこでだろう？　夢の中でだ。そうだあの路地裏。

――何ですあなた。私に御用かしら？

斬れなかった、寄り道の女。

――わしからの贈物のつもりだったのだが。

死神の声が脳裏によみがえり、嫌な汗が滲んだ。

桑本の妻は庭で洗濯物を干し終えると、犬を連れてやってきたおばさんと世間話をはじめる。

フジは震える足で、そっとその場を離れた。

もしも私があのとき、あの女を斬っていたのなら。

妾の私が正妻になったのか。

そういう意味だったのか。全てを見越して斬れと命じたのだ。確かに、目的のためには手段を選ばぬ時影流の「贈物」に違いなかった。

だが斬らなかった。斬らなくて良かった。

あの瞬間に戻ったとしても、私はやはり彼女を斬らないだろう。彼女はあのときなんといっただろう？

——家に四歳の男の子が一人、一歳の女の子が一人います。

考えているうちに、桑本への恋心が鎮火していった。

いずれ社長令嬢は桑本の子供を二人産む。

桑本は自分と人生を共にする運命の男ではないのだという確信が強まっていく。

フジは桑本誠へ一方的に愛人契約の解消を告げた。

そして一人になった。未練はなくもないのだが、泣きながら、これでいいんだと繰り返し呟《つぶや》いた。


その翌年、フジは結婚した。

相手は山田《やまだ》松太郎《しょうたろう》という印刷会社で働いている、四歳年上の男だった。

結婚した次の年には妊娠した。最初の赤ん坊は女の子だった。

杏《あん》と名付けたその娘を腕に抱いたとき、フジは思った。

もしも私がマコさんと別れていなければ、生まれなかった命だ。

杏を抱きながら、自分は間違っていなかったとフジは確信した。この小さなかわいい赤ちゃんがこの世に存在できた。それだけで桑本と別れた意味がある。

そして杏ができてから二年後には男の子、清一郎《せいいちろう》を授かった。

フジが二十八歳のとき、独逸《ドイツ》軍が波蘭《ポーランド》に侵攻した。

後に第二次世界大戦と呼ばれる大きな戦争がはじまった。

日本ではほどなくして、政治家一名と、陸軍の上層部数名が何者かに、暗殺された。

彼らはみな、参戦派の中心人物だったことから、日本の参戦を阻もうとする敵国の刺客ではないかという見方が濃厚だった。

その後成立した米内《よない》内閣は、戦争に消極的な内閣だった。日独伊の三国同盟を組むことには、

「我国は独逸のために火中の栗を拾うべきではない」

と主張した。

国内の世論は二分していたが、参戦派の筆頭が死亡していたことや、海軍の山本五《い》十六《そろく》らが、独逸という国の遠さや、米英との関係悪化を懸念し、三国同盟に反対したことから、結局日本は同盟を組まず、大戦には参加しなかった。

一九四五年の三月だった。

買いもの帰りにフジは、ズロロロという懐かしい原動機《エンジン》音を聞き、足をとめた。

冷や汗が全身に滲む。

フジの隣に緑色の車が停まった。仄《ほの》かに淡い光を発しているその車は、改めて見ると少し時代のずれた形状《フォルム》である。

「おい、わしだ」

時影が運転席から顔をだした。二十年以上も前に会ったのが最後なのに、なんと馴《な》れ馴《な》れしい挨拶《あいさつ》だろう。

時影の容貌《ようぼう》は二十数年前と全く変わっていなかった。

「あ、あなたは」

フジは目を見開いた。

「フジ。全て忘れてしまったか？」

「まさか、そんな」

「ふむ、おぼえておったか。よかった。そう怖い顔をするな。もうおまえの仕事は全て終わったのだ。なあにちょっと町を走っていたら、おまえを見かけたので、声をかけただけだ」

十二歳の頃からではフジの容姿もずいぶん変化していたが、時影のような超越的な存在には苦もなくわかるのかもしれない。

「こ、困ります」

「困ってくれるな。せっかくわしのことをおぼえているようだから、ちょいとおまえに見せたいものがある。なあに悪いようにはせん。すぐに帰してやるから乗っていけ」

フジは助手席に乗った。

懐かしい。十二歳の頃を思い出す。ただこの座席に背をもたせて、百舌真を膝に置き、何もわからぬまま揺れていたっけ。

時影は加速装置《アクセル》を踏んだ。ズロロロ、と走り出した。

昔の自動車は木炭で走った。最近はガソリンで走っている。この車の燃料はなんなんだろう。時影が燃料をいれているところを見たことがない。

少し走ると、音もなく周囲の家や建物《ビル》が、かき消えはじめた。

いったん暗くなり、再び光が射すと、そこは地平の果てまで焼け野原になっていた。

時影は車を停めて、扉を開きおりた。

フジもおりた。

空気が埃《ほこり》っぽい。瓦礫の山の粉塵《ふんじん》のせいかもしれない。

ここは東京か？どういう状況なのだ。大震災の時のようではあるが、少し違うようにも思う。いったいいつ、何を原因にこうなった？

灰色の空を見たこともない大きな飛行機が飛んできて、ばらばらと爆弾を落としていく。

落ちた先では煙と火柱があがった。

「焼夷《しょうい》弾だ」

道の脇に真っ黒な死体が積み上げられていた。

生きているものは何も見当たらなかった。

焦げた電信柱に、〈城東区〉の表示があった。

「わしは芸術を作っているといっただろう？」

フジは頷いた。

「今眼前に広がっているのは、お主の今日と同じ一九四五年の東京。もうひとつの一九四五年だ。お主がわしの芸術の手伝いをしなかったなら東京はこうなっていた。お主の斬った七十七人のうち半分以上が、このたびの世界戦争に日本を導く関係者だったわけだ」

時影はもう一度ゆっくりといった。

「お主が、斬ったから、眼前のこれは、起こらなかった」

起こらなかった。フジは焼死体の山を見ながら繰り返した。

「さて、わしはこの風景の他にもうひとつ見せておきたいものがあってな。実はこの近くには〈わしと出会わなかったおまえ〉がおるのだ。もう一人のおまえは、今のおまえと同じように東京にでてきておってな。そして〈二児をかかえ防空壕《ごう》をでたところで焼夷弾に焼かれた〉のだ。ほれ、そこに転がっているのが〈おまえ〉だ」

　フジは時影の指差した先を見た。

　瓦礫だらけの道に、真っ黒に焦げて顔もよく判別できない大人と、小さな二つの炭化しかかったものがあった。

　思わず手をあわせた。

　あれが——私？

　私とは別の人生を進んだもう一人の私。

　フジはしばらく呆然と立っていた。

「未来は常に不確定でな。いくら仕込んでも、その時にならなくては必ずしも望んだことが起こるとは限らない。だがわしが描いた一九四五年は確かにやってきた。絵具が乾いたというところかの」

　焼け焦げた自分自身から目が離せない。

「さあ、ではもとの場所に送ってやろう」

　フジと時影は車に乗りこんだ。

再び車が走り出した。

「これがこうなったら、未来はこうなるといったことや、あるいは未来に何が起こるか、何もかもお見通しなのですか？　神様のように」

フジはきいた。

「ふむ。全てではないがわかることは多い」

「ひとつ教えてください」

「ものにもよるな」

「私があなたの絵筆であった頃、桑本誠の妻を、もしも断っていれば、今の私は幸福になっていましたか？」

時影は溜息《ためいき》をついた。

「今の私、というのは、そこにいるおまえか。それをやっていれば、そこにいるおまえは、幸福も何も存在すらしておらん。ただそうだな。もしもお主が断っておれば、〈別の世界の別の私〉ならば、その男の正妻になっていた。だが幸福については全くわからん。わしはお主ではないのでな。家事をしながら幸福を感じる女もいれば、不幸だとしょげかえる女もいる。そんなものは知らん」

「はあ」

そんなものかと思う。

「わしは人間を使って世界を描くが、人間はその一人一人が、それぞれの想いで人生を描き、世界を作る。お主の選択で、新しい子孫の筋が、この世界に出現した。お主にとってかけがえのないもののはずだ。わしにいえるのはそれだけだ。もう一度いうが、後悔や、失敗の過去であったとしても、それをなくせば今のお主は存在すらできんのだ」

選ばなかった道など、気にしているのでない。

少しの沈黙のあとフジはいった。

「殴るのです」

黙っていればよいことだ、泣きごとをいう主婦は恥ずかしいぞ、とちらりと思ったが、口は勝手に動いていた。

山田松太郎は殴るのだ。

「酔って帰ってきて、私を殴り、私が何かすると、生意気だと殴り、躾《しつけ》がなっていないなどといって子供たちも殴り、あげくの果てには外で作った女を家に連れてきて、楽しげに夕食をとったりするのです。それも私に料理と給仕を命じて」

時影は黙って操舵器《ハンドル》を握っている。

「私が友達と交流することなど一切許しません。家事が疎《おろそ》かになるそうで」

愚痴を誰かにこぼしたいが、その相手である同郷の親友、美琴とのつきあいは松太郎が禁じている。曰《いわ》く、あの女は、虫が好かん——とのことだ。美琴はだいぶ前から、女性の権利を拡張する女性運動家として婦人誌に記事を書くようになった。美琴と松太郎の相性はすこぶる悪い。

「今日だって帰ればきっと」

遅い、何をやっていた——と殴られるだろう。

ふっとフジは己の愚痴を恥じ、努めて明るくいった。

「でも、私の悩みなんて贅沢です。自分のしてきたことや」七十七人を殺したのだ。「自分のもうひとつの運命を今日みたら」炭化しかかった死体。「今の自分がどれほど幸せなのかと、ずいぶん明るく思えてきました」

時影は頷いた。

「かつてのおまえなら、斬り捨てていただろうにな」

「〈夢〉ではないのですから、そうはいきませんよ」フジは笑った。「それに私は、目的のはっきりした殺しをしたことは〈夢〉の中ですら一度もありませんでした」

あの頃は、何もわからず、ただいいつけられたことだけ受動的にこなしていたのだ。己の目的のため能動的に人斬りをしたことはない。

「そうか。だがしかし、簡単なことなのだ」時影は呟くようにいった。「その時代の誰もができなかったことを——無垢《むく》なおまえが遂行した。別の絵筆が、もはや無垢ではないおまえのために」

そこで時影は言葉を止めた。

暗くなり、また明るくなると、焼け野原は、東京の旧《ふる》い街並みに変わっていた。

空襲のなかったこの世界では、明治の頃の建物もずいぶん残っている。風情のある街並みだが、フジにとってそれは当たり前の風景でしかなく、特段感慨はない。

「今も芸術を作っているのですか？」

「うむ。新しい絵筆でな。わしは消滅するまで芸術を作り続ける。そういう運命だ」

ギュイム、と制動装置の音がする。

「お主と二度と会うことはないだろう。達者でな」

車は家の前に停まった。

おりてから振り返ると、もう時影の車は消えていた。遥か彼方《かなた》のほうで、ズロロロという音が微《かす》かに聞こえたような気がした。

〈夢〉は去っていった。

フジは買い物籠《かご》を片手に深呼吸し、玄関の扉を開いた。十一歳の娘、杏と、弟の清一郎が飛び出してきた。

「おかえりなさい」

買い物籠を下ろすと娘と息子を抱きしめた。
ここはあなたたち二人のいる世界。
かけがえのない、どこにもない世界。
「遅い！」
奥から、殺気だった松太郎の怒声が響く。
のしのしと鬼の形相でやってくると、フジの頭をひっ叩《ぱた》いた。
「どこで油売ってんだ！　ああ？　いい身分じゃねえかよ」
翌日の夕がた、電話がなった。
警察からだった。
フジは黒電話の受話器を握りしめる。
警察官が告げることを聞いているうちに膝小僧が震え始めた。
フジは受話器を置いた。
通り魔――だという。
ただちに病院にいかなくては。
死神の声がよみがえる。
――別の絵筆が、もはや無垢ではないおまえのために――そこで時影は口を止めたが、おそらくこう続いたのだ。〈絵を描いてくれる〉と。

夫は私が到着するまで、生きているだろうか。たぶん無理だろう。そして夫を斬った犯人はきっと捕まらないだろう。

遠い車の助手席で、無垢な誰かが、百舌真の刀身についた血を拭《ふ》き取り、車は次に死すべき者のところへと走る。

フジは瞬間、深い闇に包まれ、へなへなと床に膝をついたが、やがてかつて何十回もそうしてきたように壁に手をついて立ち上がり、病院へ向かう準備をはじめた。

# 十二月の悪魔

冬の町を歩いていた。

空腹だった。

鉛色の空を見上げる。時刻は昼過ぎだったが妙に薄暗かった。

同じような白い家がどこまでも続いている。無機質な町だ。

道には薄く雪が積もっている。

通りの角にはイルミネーションで飾られた樅《もみ》の樹が立っており、ぴかぴかと赤や緑の輝きを発していた。

影男の視線を感じ、ぼくは振り返った。

背後の道には誰もいない。

「見るな。ついてくるな」

ぼくは誰もいない通りに声をかけた。

前を向くと、背後に影男が現れる。さっと振り返ると奴は姿を消す。再び前を向くとまた背後に現れる――そんな気がする。

　ぼくは自分のことがよくわからない。

　若い頃、警察に逮捕された。悪夢のような人生の急流に翻弄《ほんろう》され、気がつけば刑務所にいた。ずいぶん長い間服役した。出所したときはもう高齢者だった。それから何年かが過ぎ――はっきりとわからないが、たぶん今は七十歳ぐらいだ。

　死刑宣告され、死刑を待つ夢をよく見る。

　二畳ほどの狭い部屋にずっといて、執行のために刑務官が部屋に押し入ってくるところで目を覚ます。

　去年何をしていたのかおぼえていないし、なぜ今ここにいるのかわからない。家族はいない。友人もいない。

　影男がぼくの心を食べてしまっているからだ。

　影男は、屈辱や敗北の記憶、自殺衝動といった嫌なものを食べてくれるときもあるが、生きる情熱や、前向きなエネルギーや、幸福な記憶を食べてしまうときもある。

　舌舐《な》めずりをしながら忍びよる、全身真っ黒の男。

「見たのか？」

　ぼくは呟《つぶや》いた。

「ぼくは影男を見たのか。見ていない。それならば全くの想像だ」

通りの角からスーツ姿の男が現れた。

髪の毛は生えていない。眉《まゆ》は白い。グレーのスーツの上に黒い革コートを羽織っている。

よろよろとおぼつかない足取りだったので、ぼくは警戒して足をとめた。

男が歩いてきた真っ白な道には血痕《けっこん》らしきものがてんてんと残っていた。

ぼくは目を凝らしてスーツ姿の男を見た。

腹が黒く血に染まっている。

「あんた逃げるんだ」

男はぼくにいった。

「え？」

「逃げるんだよ。逃げるんだ。この町にいちゃダメだ。奴らのいうことは何もかも嘘っぱちだ。騙《だま》されるな。はやくここから離れろ」

スーツの男は倒れた。

ぼくは駆けよった。

「だ、大丈夫ですか？　あの、お腹、もしかして刺されて？　いや」

スーツの男は口をきかない。涙目で小刻みに震えている。

これは——困った。

ぼくは急にひどく怖くなり足早にその場を離れた。

しばらくしてからふと思った。

ぼくはどこにいく途中だった？

わからない。

ちょっと待て。落ちついて考えよう。

家に帰るところだったのでは？

そうだ。きっとそうだ。

では、ぼくの家はどっちの方向だ？

静かな十字路だった。

どちらの道にも見覚えはなかった。どの道にも同じ白い家がずっと並んでいた。

自分の家がどこにあるのか見当もつかない。だが、ここに突っ立っていてもしょうがない。

適当に選んだ道を足早に歩き始めた。

さきほどのスーツの男の言葉は、ぼくを無闇に焦らせた。

住宅街が尽きると、いつしか山道になった。幅の広い道だ。

ぼくはさくさくと雪を踏んで歩いた。

そろそろあたりが薄暗くなってきた頃、森の中に一軒の家を見つけた。

ぼくはふらふらと家の玄関に向かった。

呼び鈴を鳴らした。

救いを求めていた。何か食べ物を恵んでもらい、火に当たらせてもらうつもりだった。

誰も出ない。

おうい、と呼んでみた。

留守かもしれない。

ぼくは玄関のノブを握った。予想外にそれはまわった。ドアが開いた。

部屋の中は暗かった。

ぼくは壁のスイッチを押し、室内の照明をつけた。

十五畳ほどのリビングがあった。

掃除をしているのであろう。小綺《ぎ》麗《れい》な印象を受けた。

住民が帰ってくるまでここにいよう。それから謝罪し、勝手に入った理由を話そう。

冷蔵庫を確認した。いくらかの食材がある。林檎《りんご》ジュースをとりだし、カップに注《つ》いで飲んだ。

片隅には暖炉がある。その前には薪が積まれている。

ソファがあり、毛皮を模した化繊の敷物がある。本棚には本が納まっている。

薪をくべながら家主の帰宅を待ったが、そのうちソファでうとうとと眠りこんでしまった。

ガタンという物音がした。

はっとして部屋を見回す。

二メートルほど後ろに女が立っていた。

ジーンズにセーター姿だ。目を見開いている。

若い。十代後半から二十代前半といったところだ。

「あなた誰？」

女はいった。

家主に違いなかった。

「すみま、いや、こんばう、ああ」

ぼくは用意していた言葉を並べようとしたが、文章がまとまらなかった。

女の視線に射すくめられる。

ソファからずるりと床におりると、土下座をした。もうそうするより他はなかった。

「ひい、すみません。俺は、いや、ぼくは、あの、外で迷ってしまって凍死しちまうんで、鍵《かぎ》が開いていたから、それで警察を呼んでくれれば、それでもういいのであって、あの」

声が上から降ってくる。

「な、何なのよいきなり。あなたの家は？」

ぼくは首を横に振った。帰れなくなってしまったのだというのがあまりにも恥ずかしかった。

「逃げてきたの？」

女はいった。

ぼくは顔をあげた。涙が滲《にじ》んでいた。自分は逃げてきたのだろうか？

血を流したスーツ姿の男のことを思い出した。

――逃げろ、逃げるんだ。

「はい、たぶん、逃げてきました」

「じゃあ、顔をあげて」

ぼくは顔をあげる。

女はソファに戻るようにいった。

「私も逃げてきてここにいるの。ここは私の家じゃないから、出ていけとかなんとかいう権利は私にはない。それから警察はこの町にはいない。警察の番号にかけると、悪魔がくる」

悪魔とは？

「ここの家主さんは」

「小林《こばやし》さんっていうおじさん。三十三歳の芸術系の仕事をしている人だった。ほら、あそこの壁に絵あるでしょ？　あれ自分で描いたって」

ぼくはいわれるままに視線を壁に向ける。

抽象的な油絵だった。

「それから、美術雑誌に文章なんかも書いていたみたい。私は十日前にここに逃げ込んで匿《かくま》ってもらったの。ちょうど今のおじいさんみたいに」

「小林さんは今どこにいるんですか」

「わからない。一昨日でかけたきり戻ってこない。てっきり小林さんが帰ってきたのかと」

「そうなんですか」

「だから楽にして」

女は後ろに隠していた手を出した。ナイフが握られていた。

「おじいさんが、悪魔だったら、殺そうと思っていた。でも、どうやら味方のようね」

女はナイフをテーブルに置いた。ぼくは溜息《ためいき》をついた。

「お腹は？」

「減ってます」

女はパスタを作ってくれた。

夢中になって食べた。食事が終わると身体がようやく温まってきた。

「悪魔ってのは、その、なんですか」

「おじいさん、この山のふもとの町は何だと思う？」女はいった。

ぼくがやってきた町だ。

「わかりません」

「地獄のどこかに位置する町よ」

ひやりとした。

「地獄のどこか」

「おじいさん、過去の記憶はある？」

「いえ、あんまり。なんだか穴だらけで……いろんなことをおぼえていません。どうしてこの町にきたかとか」

「一年前に何をしていたかは？」

「おぼえていません」

「一週間前は？」

「いえ、おぼえていません」

不甲斐《ふがい》なさに涙がでてくる。おぼえているのは、刑務所に十数年、もしくはそれ以上入っていたことだが、それについては今語らないほうがいいと判断した。

「お嬢さん、は」

「お嬢さんじゃないって。アカネよ、アカネって呼んでね」女はいった。

「私も去年何をしていたのかよくわからない。しばらく前からこの山のふもとの町にはいたと思うけど。あの真っ白な同じ家がずっと並んでいる住宅街ね。でも、あそこで生まれ育ったって記憶はない。じゃあ、どこで自分は生まれたんだろう？　自分が育った市町村の名前が出てこない。小学生のときの同級生をただの一人もおぼえていない。子供のときに読んだ本のタイトルが一冊も思い出せない。しかも毎日悪くなっていくみたい。記憶が少しずつ消えていっている」

「アカネさんにも、影男が出るんですね」ぼくは大いに頷《うなず》いた。

影男？　と不思議そうにアカネがきくので、記憶を食べる妖怪《ようかい》的なものがいることを話した。

「面白いこと考えるのね。案外それが真実かも。つまり、悪魔ってことよね。おじいさん、名前は」

「申しおくれましたが、ぼくは神楽坂《かぐらざか》タカシという名です」

「よろしく、神楽坂さん。おじいさん、では失礼だった？」

「いえ、実際、そういう年齢です。心の中の年齢はもっと若いけど」

アカネは湯を沸かし、インスタントコーヒーを二ついれた。

暖炉では薪がパチパチと爆《は》ぜた。

「ここの家主の小林さんは、いろんなことに気がついていた。それで、悪魔のこと教えてくれたの。ゾンビってわかる？　歩く死体で、ふらふらと生前の行動をなぞるように、ショッピングモールにいったりするの」

「わかります」

よくは知らないが、ふらふらと歩く死体のモンスターだというぐらいまではわかる。

「この町の住人のほとんどはゾンビ状態なのよ。町の人たちはね、会社らしきところにいくんだけど、命令されて単純作業を延々としているのね。この石をラップで包みます。次にラップで包んだ石を箱にいれます。それから新しい石を拾ってきますみたいなこと。なぜ自分はこんなことをしているんだろう。なぜ自分がこれをしないといけないんだろう。なんて疑問はもたないの。思考することをもう諦《あきら》めてしまっているの。あるいは仕事をしないで、意味もなくうろうろとしている人もいる。ぐるりと家のまわりを歩いて休んで、またぐるりと家のまわりを歩いて休んで。ところが本人は、無為な繰り返しをして時間を浪費しているんだっていうふうには思わないのよ。みんなどうかしちゃってるの。これについてどう思う？　おかしいのは私？」

「アカネさんは、おかしくない。その通りだと思います。ぼくも、きっとそういう日々をふもとの町で送ってきたんだ。よくおぼえていないけど、ただただ、何も考えずに時の流れに身を任せるだけでした」

「小林さんは、邪悪な魔法が働いているんだっていってた。悪魔が、人々を無気力にさせて、記憶を奪って、ただなんとなくこれが人生なんだって錯覚させているんだって。死ぬまで時間を浪費し続けるなんて、本当の人生ではないって」

「ふと思ったんですけど、小林さんはぼくがここにいても怒らないでしょうか」

「怒らないと思うよ。私だって受け入れてくれたし、きっと仲良くなれる」

違うね。ぼくは思った。あなたは若い女じゃないか。ぼくとあなたでは世の扱い、特に男からの扱いは全然違うんだよ。でもぼくは口に出さなかった。

「悪魔の話ですが、小林さんは——どうして魔法に支配されていないんですか」

「小林さんは、最初は操られていたけど、絵を描いて自分の内面をのぞきこんでいるうちに、ふと、魔法が解けて、悪魔が住民を操っていることに気がついたんだって。

それで悪魔の支配から離れて、いろんなことが視えるようになったんだって」

小林さんは、とアカネはいった。

「戻ってこないから――やられてしまったのかもしれない」

ぼくたちはしばらく黙っていた。

コーヒーを飲む。壁の時計を見る。十時半。窓の外は雪。家の有難さを痛感する。

「悪魔を見たことありますか？」

「もちろん、あるわ」

アカネは小さくいった。

真っ白な家のひとつで暮らしていた。

真夜中、外で叫び声がしたので目を覚ましたの。

怒鳴り声や笑い声もして。

私はそっと家を抜けだした。

私の家は角を曲がると、広場なのだけど、そこでは信じられない光景をみた。

そこに悪魔は三匹いた。

縛られたおじさんが一人いて、三匹は笑いながらそのおじさんを蹴《け》ったり、殴ったりしていた。

最後におじさんはドラム缶に放りこまれ、灯油をかけて燃やされちゃった。

炎が、悪魔たちの大きな影を壁に映していた。

見つかったら自分も酷《ひど》い目にあわされる、と思って大急ぎで家に戻った。

翌朝広場にいったけど、何もなかったわ。

ドラム缶があった場所にいくと、ドラム缶はなかったものの、血痕や、焦げた痕《あと》はきちんと残っていた。

だから夢じゃなかったんだって思った。

逃げなきゃってようやく気がついて、それが何日か前のこと。

「私はもう二度と服従しないし、騙されるつもりはない。戦って、そして勝つ」

ぼくはぼんやりとアカネをみた。

眩《まぶゆ》かった。

ああ、この娘は若いんだ。そして、強いんだ。

こんな気持ち久しぶりだ。混じりけのない賞賛の念が湧きあがってくる。

「なんで泣いているの？」

「いえ、なんだか、嬉《うれ》しくて。それならぼくも戦います」ぼくは涙を拭《ぬぐ》うと本気でいった。

「じゃあ同志だね、神楽坂さん」

アカネは握りこぶしをつくり、ぼくのほうにゆっくり差しだした。ぼくはどうしたらいいのかわからず黙っていた。

「神楽坂さんも、握りこぶし作って。で、こうやって拳《こぶし》でタッチ。フィストタッチっていうの」

いわれるままにやった。若者の間で流行《はや》りの挨拶《あいさつ》なのだろう。

拳がぶつかると「フィストタッチ」アカネは頷いた。「反乱軍結成だね」

その晩、ぼくは風呂《ふろ》に入ると、アカネに二階の部屋を案内してもらった。窓とベッドがある部屋だ。

「私は一階の暖炉の傍《そば》で眠るから」

アカネはいった。

「しかし、それでは私は図々《ずうずう》しすぎて」

彼女はドアを閉めた。

ぼくは窓の外を見た。誰もいない。下は雪が積もっていて、飛びおりようと思ったらおりられる。

何かが起こったときのために、荷物はまとめておいた。

部屋の隅にある机の引き出しを開くと、ナイフが入っていた。万が一を想像し、ぼくはそれを自分の荷物に移した。

毛布の温《ぬく》もりが心地よい。本当にこんな夜は何十年ぶりだ。自分のことを厭《いと》わない血の通った女と話しこんだ。久しぶりに人と話したことによって心がふわふわとしている。

ぼくは半ば死んでいる。動く死体だ。だが、ぼくは今日、ぼくの中の生きている部分をようやく掬《すく》いあげたのだ。

ふと映像が浮かんだ。

幼き日の自分。お父さん、お母さん。クリスマスケーキ。部屋の隅にはクリスマスツリー。ぴかぴかとした包装紙に包まれたプレゼント。

その記憶は神聖な光に包まれている。

涙が滲んだ。

あの頃は未来が広がっていた。

みんなが大好きだった。甘く柔らかく、いつもいい匂いのする風が吹いていて、世界が輝いていた。

いつしかぼくは祈っていた。

影男よ。悪魔よ。老いた男からこの記憶だけは奪わないでくれ。

朝、階下でものをひっくり返す音が聞こえた。

続けてくぐもった怒鳴り声。床を踏み鳴らす足音。何かを壁に投げつける音。

ぼくは跳び起きた。最初は家主の小林さんが帰ってきたのだと思ったが、どうも違うらしい。

——大人しくしろこのクソアマ。

——さわるな、私にさわるなあ！

アカネの怒声がとんでいる。

何者かが家に踏み込んで、アカネが一人で応戦しているらしい。

ぼくはダメな人間だ。このときほどそれを思い知ったことはない。

うろたえながら、素早く服を着ると窓を開き、屋根をつたい、樹木に飛び移り、そこから新雪の上に飛んでいた。

家の中からは悲鳴が漏れ聞こえていた。

ぼくの頭の中にはずっと戦わない言い訳が渦巻いていた。勝機を探すんだ、見捨てたわけではない、まず考える時間を得るためだ云々《うんぬん》。

ぼくは老齢で、身体のあちこちにガタがきていて、とてもじゃないが、加勢したって力になれるわけもなく——むしろ二人同時に始末されるのがオチだ。

二時間か、三時間が過ぎた。

ぼくは白い息を吐きながら、どこともしれぬ道を歩いていた。

逃げ出した家の近くにあった物置小屋で長靴を見つけ、それを履いていた。

ぼくにできることはこの町を抜け出ることだ。そして悪魔の存在をみなに教えることだ。東京のテレビ局に手紙を書いてもいい。

早朝の森のなか、片方だけがすっぽ抜けたブーツを見た。

そしてそのすぐ近くには大量の血痕があった。

何が起こったのかわからない。ブーツが脱げ、大量の血が雪の上に残るようなことが起こったのだ。

やがて道は途切れた。

数十メートルとも思える高い壁が行く手を阻んでいた。

壁は左右にずっと延びていた。

この町は——壁に囲まれている。ぼくたちはおそらく、閉じ込められている。

「神楽坂さん」

背後から声がかかった。

振り返ると紺色の服に、紺色の帽子を被《かぶ》った男が二人立っていた。

一人は背が高かった。もう一人は低かった。背が高いほうはタブレットPCの類《たぐい》と思われる電子機器を眺めていた。アイナントカという製品に似ていると思ったが、アイナントカにどんな機能があり、どんなときに使用するものなのか詳しくは知らなかった。そもそもPCをみんな何に使っているのかも知らなかった。

「前沢《まえざわ》さん、どうですか」

「ああ、そうだ。やっぱ、こいつ神楽坂だ。ほら、勝間《かつま》みてみ」

背の高いほう——前沢が、背の低いほう——勝間にタブレットをみせた。

勝間が頷いた。

様子からして画面には自分の写真が表示されているに違いなかった。

「戻りましょう。神楽坂さん」

ぼくは二人をまじまじと見た。

二十代後半から三十代半ばに見える若造だ。

「騙されないし、もう操られない。あんたたちは悪魔だ」

ぼくは勇気を出していった。

「神楽坂さん。落ちついてください」勝間が両手を前に出した。「ぼくたちはあなたを連れて戻らなくてはなりません」

「嫌だ。帰れ」

「どうか素直に従ってください、あなたのために」

「いいんだよ勝間。こんな××に、さんとかつけないで。適当に半殺しにして、ふん縛《じば》ってもってかえろうぜ。死んだら死んだで、××が一匹消えて世のためだろ」

前沢は薄笑いを浮かべながらいった。

「だから、駄目ですって。そういう言葉づかい。塀の外に知られたら、どうするんですか。へたすりゃ裁判沙汰《ざた》ですよ」

勝間が咎《とが》めるようにいった。

「訴えるもくそも、家族もいねーだろ、こいつには。だから面会も来ない。死んでも医療班が適当に、臓器不全とか書いてくれるから大丈夫」

「神楽坂さん」勝間は前沢の言葉を無視していった。

「あなたは連行前に〈説明〉を受ける権利があります。どうしますか」

「じゃあ説明しろ。ここは何なんだ。あの高い塀は何だ。ふもとの町は何だ。おまえたちは何なんだ」

「何なんだじゃねえよ！」前沢が吐き捨てるようにいった。

勝間は生真面目な表情を崩さずにいった。

「ここは、神楽坂さんは市街地のA22地区に指定住居があり、原則的にこの塀の内側から出ていくことはできません」

「まるで刑務所だな。ぼくが受刑者だったからか？　ぼくはもう刑期を終えているんだ。自由なんだよ。あんたらが悪魔で、ぼくたち町民を洗脳して記憶を奪って家畜化しているのはわかっているんだ」

前沢と勝間は顔を見合わせた。

「よくわかってんじゃん、こいつ。そうだヨン、俺らはアクマだヨン。記憶を奪って家畜にしてるんだヨン。ほれ、勝間、こいつの履歴」

前沢が勝間にタブレットの画面を見せた。

勝間は画面を数秒見てからいった。

「ご自分が何をして刑務所に入ったのかおぼえていますか？」

勝間の問いにぼくは答えようとした。

だが、よくわからなかった。確か殺人だったはずだが——誰を何人殺したのかまではわからないし、殺した記憶も実のところなかった。

「忘れた。ぼくが何をしたかいってみろ」

「かつて——あなたが中学生だった頃。石原《いしはら》といういじめっ子がいて、あなたは彼から酷いいじめにあっていた」勝間がいった。

「石原？」

ぼくの喉《のど》から上擦った変な声が出た。

石原。ああ、記憶が戻ってくる。石原剛《つよし》のことか。遠い遠い昔、もはや異世界の話じゃないか。石原は、卑怯《ひきょう》で、残虐で、さらにみなを煽動《せんどう》してぼくの青春を奪った。踏まれた鞄《かばん》、執拗《しつよう》な金銭せびり。みなの前で笑い物にし、放課後に殴る蹴る。

「中学卒業後、あなたは高校を中退しましたが、まともな職にはつかず、非合法の政治組織に属し、いつか〈革命〉を起こすために、自宅で密《ひそ》かに爆弾を作っていました。あなたは三十歳のとき、町で、妻と娘を連れた石原を見つけました。向こうはあなたに気がつかなかった。石原は幸せそうにしていました。あなたは跡をつけた。そして彼のマンションの部屋に自作の爆弾を仕掛け、一家を爆殺したのです」

ぼくは目を瞬《しばた》いた。

記憶の断片——クリーム色のマンションの窓が吹き飛び、硝子《ガラス》の破片が道路に散乱するのをビルの屋上から眺めた。気絶しそうなほどの高揚感と罪悪感。自分が特別な存在になったかのような感慨。

勝間はタブレットの画面をみながら、事務的で感情のない口調でいう。

「あなたの裁判の記録からです。〈中学時代に石原にいじめられたことから人生の全てが狂ってしまい、怨《うら》みがあった〉と主張していました。思い出しましたか？」

ぼくは答えなかった。全てをおぼえてはいないが、残っている記憶の断片は、勝間の話が事実だと告げている。

「判決は死刑でした。石原一人ならまだしも、なんの関係もない妻子も巻き添えになっている。ところが、あなたが死刑囚として執行を待っている間に、法律が変わりました。我が国の死刑制度が廃止になったのです。あなたの刑は、十五年前に実質無期懲役に移行しました。そして今までは死刑ということで科せられなかった懲役もはじまりました。服役中のあなたは模範囚として記録されています」

犯行後のぼくは、ただ立ちつくしていた。世界は勝手にまわっていた。

どうせ死刑なのだから——思考することすら無駄に思えた。無期懲役になっても思考することが無駄だというのは変わらなかった。抜け殻だった。機械のようにいわれたことだけやった。

「ところがそこから、また十年以上がたつのですが、今度は現行の無期懲役も人道的ではないという風潮になり、制度が変更されました。二十五年以上の懲役を務めた受刑者は、一般社会からは隔離された、特殊な町で生活してもらうことになったのです。外には出られないという不自由はありますが、それでも刑務所に比べればずっと自由です。トイレにいくのに許可をもらうような細かい規律もなく、望めば仕事も与えられ、一般社会に近い」

「それがふもとの町か」

塀で囲まれた犯罪者の町。派出所はない。無機質な家が並んでいて空き家が多い。

「はい。つまりあなたは、刑期を終えたわけではないんです。あなたは今も受刑者ですし、一生受刑者です。あなたの犯した罪に与えられた刑です。さて、ここまではいいでしょうか？」

「ずいぶんもっともらしい嘘を考えたものだ。難しい言葉を使ってごまかそうったってそうはいかない」

勝間はぽかんと口を開いた。

「今の説明に、何か難しい言葉が入っていましたか？」

「アカネさんをどうした」

奇妙な間があった。勝間と前沢は互いに視線を送りあった。

「誰です？」勝間がいった。前沢がタブレットを操作する。

知らないのならこちらから情報を与えたくない。ぼくは黙っていた。

前沢がタブレットの画面を勝間に向けた。

勝間は画面を一瞥《いちべつ》してからぼくに顔を向けた。

「今泉《いまいずみ》アカネは、ちょっとまあ妄想が激しいようなので再教育に入ることになるでしょう。あなたも同じかな。まあ安心してください」

ぼくは息苦しさをおぼえながらきいた。

「アカネさんは若かった。無期懲役や死刑囚にあんな若い子がいるのはおかしい」

「この町は必ずしも全員が無期懲役や死刑判決を受けた囚人だけではなく、様々な事情の方が住んでいます。今泉アカネは、二十三歳です。テロを起こした宗教団体の幹部の子供で、十七歳で教団宿舎に放火して八人殺し、少年院経由でこちらに移送されました。罪の大きさもさることながら、社会に戻すと危険であるという専門家の診断が出ていたのでこの町で暮らすことになりました」

本当なのか？　だが動揺をみせてはつけこまれる。ぼくはふん、と冷たく鼻を鳴らしてみせた。

「なぜ記憶が消える」

勝間と前沢は再び顔を見合わせた。

「重犯罪者には、この町に移送される前に〈処置〉を施します。感情抑制剤を投与し、人格更生プログラムを受けるのですが、〈処置〉後に記憶に関する副作用が確認されています。もっともあなたの場合は加齢や、長期の刑務所生活といったいろんな要因が関わっているので更生プログラムだけの問題ではないとも思いますが……記憶についてはプログラムを受ける前に説明が為《な》され、神楽坂さん本人が同意書にサインしていますよ。もっともおぼえていないのでしょうけど」

ああいえばこういう。なんの確証もない口先だけのことなのに、こちらがやりこめられたような気分になる。

「勝間、もうそのぐらいでいいよ。おい、ジジイ、おまえな」前沢はうすら笑いを浮かべながらいった。「本来おまえは死刑なんだわ。それだけのこと仕出かしてるし、外にはおまえが生きているというだけで悔しくて眠れないという方々が大勢いるんだ。記憶にありませんって、遺族はやりきれんぜ。悪魔は誰かってそりゃ間違いなくおまえ自身なんだよ。それなのにな、ここではおまえら人でなしどもは、家はもらえるわ、食料は配給されるわ、仕事は与えられるわ――もう天国じゃねえか。そのうちボケてきて自分が何でここにいるのかも、よくわからなくなってくる。罪に向きあうどころかよ、考えたくない嫌な記憶は都合よく全部忘れてな。刑罰って、その言葉の通り〈罰〉でなきゃならんのによ。塀の外ではみんな必死に求職して、働いて、家賃に生活費に苦しんで、税金払ってんだぜ？　オメーらがだらだら安楽に過ごせるようによう！　で、おまえは今、何がどう不満なわけ？」

ぼくは言葉に詰まった。

何がどう不満だと？

悪魔がここにいることだ。

悪魔が自分を洗脳しようとしていることが不満だし、自分が〈もしかしたらこいつのいっていることは正しいかもしれない〉と思いはじめていることが不満だ。

なにより自由ではないことだ！

いったって伝わらない。

「もういい。あんたたちの言い分はもうわかったから、どっかにいってくれ。ぼくを放っておいてくれ」

勝間がうんざりしたようにいった。

「だからあ！　そうはいかないんですって。ここでは、届け出なしで、自宅を留守にした場合、職員が捜索して連れ戻す規律があるんです。さあ、これで〈説明〉終了です。なおも逆らう場合は〈強制〉という手荒い形になります」

こいつらに従って戻るか。そして更生プログラムとやらを受けるか。

そうすれば、きっと凍《い》てついた廃人の生活が、再開されるのだろう。

いくら思い出そうとしても、孤独の断片しか見つからない茫漠《ぼうばく》とした日々。

再教育を受ければ、記憶はさらに失われる。あの神聖なクリスマスの記憶だってかき消えてしまうだろう。

そんなのは嫌だ。

家を離れたほんの僅《わず》かな旅路で、自分は何を知った？

路上で血を流し、逃げろといった男。

アカネと互いの拳をくっつけた。最近の若者流のフィストタッチ。（反乱軍結成だね）そうとも。

雪の上に脱げたブーツ。その近くにあった大量の血痕。

ぼくは戻らない。

やはりこいつらは悪魔だ。

アカネは、悪魔が自分たちを閉じ込め、記憶を奪い、搾取しているといった。その通りではないか。

口先上手で当然だ。悪魔なのだから。

ぼくは悪魔の奴隷ではなく、意志ある反逆者として、誇り高くその生を全うしたい。

「騙されるか！　悪魔どもに！」

「ハイ、〈強制〉～。ホレ、神楽坂。いいんだぞ、逆らって～悪魔だョン！　ほら、どうすんの？」

前沢は鼻で笑うと警棒を振りながら、進んでくる。

勝間は、仕方がない、とばかりに腕を組んで立っている。

前沢の顔が石原だった。しかも中学時代の石原の顔と同じだった。どうして石原がここにいる？

「オラ」前沢は警棒をふりあげた。ぼくが身を竦《すく》めると下卑た笑いを浮かべた。

声、言動、完璧《かんぺき》な石原だった。

ぼくは悪夢めいた状況に混乱しながら一歩後退する。

ぼくは転がり、荷物からナイフをとりだした。

「何それ？　何に使うの？」

石原が笑った。

ここはどこだ？

真っ白だ。

白以外何もない。大地も天井も境目が視えない。

ぼくは見渡す全てが純白の世界に、ぽつんと置かれた椅子に縛り付けられている。

身体に力が入らない。

遠いところから複数の人間が議論している声が聞こえる。ぶつぶつもごもご、喧々《けんけん》囂々《ごうごう》、テレビの国会中継が漏れ聞こえているかのようだ。

〈実験データは全て公開でいいですね〉

〈人権人権って、じゃあ殺された人の人権はどうなるんですか〉〈殺意はあったでしょう。神楽坂は殺人未遂の扱いになります〉〈やはり実社会でも再犯する危険は充分ありだと〉〈ナイフがゴムでなければ死人が出ていますから〉〈彼は意思疎通、できないのかね〉〈今は鎮静状態で〉〈どこいっても問題起こすなら再治療不可でB法適用か

も〉

何をいっているのだか、全くわからない。声は遠ざかっていく。

真っ白な世界の彼方《かなた》に何かが見えた。

長方形だ。ドアらしい。誰かがこの白い世界に入ってくる。

紺色の制服を着ている。勝間たちと同じものだ——だが、入ってきた人物は肩幅が狭く華奢《きゃしゃ》な女性だった。カツカツとローヒールの踵《かかと》が床を打つ音がする。

アカネだった。

嬉しさで涙が出てくる。良かった。生きていた。

——アカネさん、同志よ。悪魔と戦う女戦士よ。

だが喉から言葉は出なかった。

アカネは口紅を塗っている。どうして、勝間たちと同じ紺色の服を着ているのだろう。いや、きっと何か考えがあるのだろう。

アカネ、アカネ。ぼくはくしゃくしゃの笑みを作ってみせる。縄をほどいてくれ。ぼくは悪魔と戦ったんだよ。でも、ナイフがゴムだったので刺さらなかったんだ。気がついたらここにいた。いったいここはどこなんだい？　反乱軍のアジトかい？

だが、彼女はまるで生ゴミでも見るかのような冷たい視線をぼくに向けると、縄もほどかず、何も喋《しゃべ》らずに去っていった。

しばらくぼくは呆然《ぼうぜん》としながら白い部屋にいた。

次に現れたのは黒い点だった。

少しずつ大きくなってくる。

影男だった。

本当にいたのか。初めて見た。

大きくてものすごく黒い。シルクハットを被っている。

影男は、椅子に縛られたぼくにゆっくりと向かってくる。ぱっくりと口が耳まで裂け、真っ赤な口内が見える。べろりと長い舌で舌舐めずりする。くるな、ぼくは叫ぶ。くるな！

窓の外で蟬が鳴いている。

額の汗が鼻の脇を通って、ぽたりと畳に落ちた。

ぼくは格子の嵌《は》まった小さな窓のついた二畳の部屋にいる。

それで——どうなったんだっけ？

影男が。

あの冬、あの町で、それから。

思い出そうとするが、思い出せない。

影男が？

ここでは扉の外に刑務官らしき者がいるが、何をきいても答えてくれない。おそらく会話をしてはならない決まりにでもなっているのだろう。

ドア越しに運ばれるトレイに載った質素な食事を食べ、およそ何もせず壁を眺め、夜になると眠る。日付はない。

ぼくは扉の向こうの男にいう。

ねえ、あの町にはいつ戻れるんだい？

あのクリスマスみたいな白い町には？

ねえってば、死刑は廃止になって、ぼくはもうじき白い町にある一戸建てのお家《うち》に戻れるんだろう？

だが返事はなく、ぼくはもう自分が百年も前からこの部屋にいて、そして今後も永遠にここにいるような気がしてくるのだ。

# 廃墟団地の風人

## I

私は廃墟《はいきょ》で目を覚ました。
長方形のコンクリートの建物が何棟もあって私を囲んでいた。
どうも団地の廃墟のようだった。
蔦《つた》がはびこり、どの窓も暗かった。
錆《さ》びて真っ赤になった三輪車があった。
狸がのそのそと歩いていた。

私は荒れたアスファルトの上にあった蜜柑《みかん》箱の上に腰かけた。
記憶は曖昧《あいまい》だったが、私は空を飛んでいるとき、急に失速して地上に落ちたようだった。
なんにせよ、こんな廃墟に用はない。飛び立とうと思ったが、身体は空には浮かばなかった。

ぼんやりしていると、作業服を着た男が現れた。

四十代ほどで、日焼けしていて、暗い眼差《まなざ》しをしていた。

この廃墟団地を管理している人間かもしれない。

私はとりあえず彼に話しかけた。

だが彼は一瞥《いちべつ》もせずに、私の脇を通り過ぎた。

どうも廃墟の一室に鉢植えをたくさん置いて、何かを栽培しているようだった。

水たまりをのぞいてみた。

そこには樹木と雲が映っていたが、私の姿はなかった。

自分で自分を認識できなかった。

私が水たまりを踏むと、わずかながらの波紋ができた。

夜がきて朝になった。

腹は減らなかった。

喉《のど》も渇かなかった。

試してみれば私は小石ひとつ持ち上げることができなかった。草むらを歩いても踏み跡はできない。

だが私が通り過ぎると草はさざめいた。

私は風だった。形はなく、姿はなく、動く空気のようなもの。

行き場を失った風だった。

私のような存在を何というのだろう。

天使？　少し違うかもしれない。私は自分のことを、風人《かぜびと》——と名付けた。

数日間、土砂降りの雨が降り続いた。

そして雨がやむと、雲間からぎらぎらとした太陽と虹《にじ》がでた。

私は給水塔に上がった。

どうもこの団地は高台にあるようで、給水塔からは一帯が見回せた。周囲は森に囲まれており、森の向こうには畑が続いていた。遠くには町も見えた。

私は陽光を反射させる雲の峰を眺め、給水塔から飛び降りた。羽根のようにくるくると舞いながら落下した。

飛べないのだった。

何度やっても空には戻れなかった。

廃墟団地に子供がやってきた。

十歳か十一歳ぐらいの男の子だ。

自転車で敷地内を走りまわり、背中のリュックからブーメランをとりだした。

私はそのとき、その子にあまり注意を払っていなかった。どうせこの子にだって私は見えまいと思ったのだ。

男の子は、ブーメランを投げた。ひゅんひゅんとそれは高く飛び、団地の壁に当たって落下した。

ふいに私のそばの水たまりに、男の子の投げたブーメランがばしゃりと落ちた。

私は驚き、そっとブーメランに触れようとしたところで、同じく駆け寄ってきて拾おうとしたその子の手と接触した。

「うわ」私がいうと、子供は手をひっこめた。

「気がつかなかった。君、誰？」

男の子は私を見ていった。

「え？　いや、さあ？」

私は驚いていった。私が見えるのか。触れたからか、あるいは、特別な感性があるのか。なにか相性というものが一致したのか。

私は私の姿を知らない。彼が私をどう見ているのか気になった。

「誰だと思う？」

「わからない。どこの子？」訝《いぶか》しげにいった。

とたんに形なき私は〈子供〉になった。

「何小？」

どこの小学校かきいているのだとわかった。

「学校にはいっていない」私はいった。

どうも彼は私を、自分とあまり年齢の違わぬ男の子、と認識しているようだった。

そして私は相手の認識にあわせて姿を得るのかもしれない。

「ここに何をしにきたんだ？」私はきいた。

「探検」少年はブーメランを握りしめていった。「君こそ、ここで何をしているの？」

「ぼくは……」なんと説明すればいいのだろう。

「ただここにいる」

「家は？」

質問の意味はわからないでもないが、答えられなかった。

「ほえ、まさか、ここに住んでいる？」

少年は廃墟団地を見回した。

「ここって、昔、炭鉱があったときのもので、今はもう人が住んでいないってきいていたけど。家族全員でここに住んでいるの？　お父さんや、お母さんはどこにいるの？」

少年がきくので、私は首を横に振った。

「ぼくにはそういうのはいない」

少年の目が大きく開かれた。

「家出少年ってこと？」

私は首を横に振った。

「幽霊？」

「違う」

「じゃあ一緒に探検しようよ」

私たちは廃墟団地を一緒に歩いた。

途中、蝙蝠《こうもり》が根城にしている部屋に入り、少年は天井にぶら下がる数十匹の蝙蝠を見て大いに興奮していた。

私たちは屋上に上がり、錆びた給水タンクが作る日陰に腰を下ろした。

「ぼくは東京出身なんだ」少年はいった。

私の反応を待っているようなので、私は仕方なく、「大都会だ」といった。私は〈知識〉が全くないわけではないのだ。東京が大都会と知っている。

「こっちの小学校に転校してきて、〈東京君〉とかいう綽名《あだな》をつけられて、いじめられている」

「嫌な経験と、いい経験があったら、いい経験のほうがいいと思うだろう?」

私は考えながらいった。

少年は頷《うなず》いた。

「だが実は、いい経験が重要なのにも増して、嫌な経験も、重要だと思うんだ。いじめられたり、女の子に嫌われたり、わけのわからない奴に殴られたり、犬の糞《ふん》を踏んだり、胸が重くなるような経験。一見そんな経験は不要に思える。だが、その、その種の苦難を乗り越えるからこそ、うん。そう、なんというか、えっと」

私は人生訓的なことをこの少年にいってやろうと思ったのだが、あまりにも適当に言葉を繋《つな》げすぎたので、締め方がわからなくなってしまった。

「つまり、人間として成長できる?」少年が私の代わりにいった。

「そうそう。そういうこと。わかってるじゃないか」

「でも、バランスじゃないかな。どっちか一方だけなら、しかもそれが悪い経験ばかりに偏っているならやっぱりおかしいよ。ねえ、君って大人みたいだね。落ちついていて」

「子供さ」

もしも私が大人だといえば、途端に彼の目に映る私の姿は大人の男になるのだろうか。それも面倒《めんどう》くさかった。

「君はどこからきたの？」少年はきいた。

私は空を指差した。

「空から落ちてきたんだ」

「嘘だ」少年は笑った。

隠れんぼをしようというので、夕方まで彼と遊んだ。

少年の名前は裕也《ゆうや》といった。

それから頻繁に裕也は廃墟団地に遊びにくるようになった。

裕也はいつも一人だった。

私は他にすることもなかったので彼と遊んだ。

近くの森で虫をとったり、森のそばの水路で遊んだりした。

「君の名前は？」ときかれたので、私は「ない」と答えた。

「名前がないなんておかしいよ」

裕也はいった。

「仕方がないんだ」私はいった。「空から落ちてきて、全部忘れたから」

「じゃあ、ぼくがつけてあげる」

「頼むよ」

「ソラにしよう。空からきたから」

「悪くはないが、犬の名前に多いだろう?」

「そんなことないよ。ゲームや漫画の主人公によく使われるかっこいい名前だよ」

「カゼというのはどうかな」私は提案した。

「ソラは嫌なのに、カゼはいいの? でもカゼだけじゃダメだよ。名前っぽくないっていうか。病気の風邪とごっちゃになるし。風のサブロウにしよう」

結局私の名前はサブロウになった。宮沢賢治《みやざわけんじ》の『風の又三郎《またさぶろう》』からとっているのは確かだった。

「ぼくのお父さんはね、東京にいたとき横領罪で捕まったんだ。実刑判決になったんだけど、あ、横領とか実刑とかわかる?」

「わかるよ」

実はよくわからなかったが私はいった。

「確か、その、あんまり悪くない犯罪だろ？」

裕也は眉間《みけん》に皺《しわ》を寄せて真剣な表情で考えてから、

「殺人なんかよりは悪くないはずだと思うけど」と小さくいった。

「でも、刑務所に入ったことに変わりはない。母さんとぼくは、東京の家でお祖母《ばあ》ちゃんと一緒に暮らしていたんだけど、母さんとお祖母ちゃんの仲が悪くなって……いろいろ考えて、刑務所の父さんとも離婚したんだ」

父親不在で、嫁と姑《しゅうとめ》が一緒に暮らしたところ、喧嘩《けんか》が絶えなくなった。そして、その後母と子は紆余《うよ》曲折を経てこの県に流れてきた。

「大変だな」私はいった。

「一番大変なのは、父さん。もしくは母さんで、ぼくはたいして大変でもないよ」

裕也はけろりとした顔でいった。


八月のある日の午後だった。

裕也は団地の日陰に腰かけ、駄菓子を食べながら私を誘った。

「サブロウ。今日、ぼくの家に泊まりにこない？　今日は母さんがいないんだ。明日の夜までいないんだって」

私は少し考えてからいった。

「では、泊まりにいこう」

廃墟団地周辺より遠くにいくのは初めてだった。

「でもさ、君ってここから出たら、消えちゃいそうだね？」

「かもしれない」私はいった。本当にそう思った。「だがもしぼくが消えちゃったら、君は一人で帰ればいい」

裕也は値踏みするように私を見た。

「サブロウって本当に家族はいないの？」

「いない」

私は裕也に続いてまず団地を、そしてそれを囲む森の外にでた。途中、立ち入り禁止と書かれた柵《さく》が二つあった。

唐突に景色が開けた。青々とした田園が連なり、遠くに町が見える。

足元の一本の二車線道が町まで続いているようだった。

「こんなに長い坂なら、ここまで自転車でのぼってくるの大変だろ」

「大変だけどさ、大変だから学校の連中はこっちにはこないんだ。ぼくはきついところは押してくるから。そのかわり帰りは全部下りで、最高に気持ちいいんだ。荷台に乗れる？　町まで二人乗りしよう」

私は荷台に跨《また》がってみた。

「全然重くないんだね」裕也が驚いたようにいった。「まるで乗っていないみたい」

自転車は坂の上から走りだした。

どこもかしこも輝いていた。大きな入道雲が太陽を隠した。

森から湿った風が吹いた。

遥《はる》かな町が彼方《かなた》に見える。

「世界一美しい」

私は心の底から思っていった。

「景色のこと？ これが頂点なら、今後の人生の希望がなくなっちゃう」

裕也はくすくす笑いながらいった。

向かい風が裕也の髪をかきあげる。

君は何もわかっちゃいない。私は思った。でも今はそれでいい。おそらく遠い未来に気がつくことだからだ。


坂を下り切ると裕也は自転車の速度を落とした。

踏切を渡ると、飲食店が並ぶ繁華街に入った。私たちは蕎麦《そば》屋の前を通った。ツユの匂いが私の鼻《び》腔《こう》に入った。

風人である私は、腹が減らないはずなのに、なぜかこの懐かしい匂いに胸をかき乱された。

前方から中年の男が現れた。黒いチノパンにアロハシャツを着ていた。見覚えがあった。私が初めて目を覚ましたときに、団地に現れて何か栽培していた男だ。この男は廃墟団地に通っており、その後もよく姿を見かけていた。

裕也は、ぺこりと頭を下げた。

男は裕也の挨拶《あいさつ》は無視して、そのまま反対方向に歩いていった。

「あの人は桑田《くわた》さん。そこの喫茶店の店主」

裕也は店のひとつを示した。〈純喫茶　アムステルダム〉と書いてある。どこにでもありそうな地味な店構えだった。

「どうして喫茶店の店主と知りあいなんだ？」

あるいはあの男が父親なのかときいたが、裕也はそれを否定した。

「桑田さんは、う～ん、母さんの友達？　じゃないな。なんだろ。仕事の人かな。家に時々くるんだ」

「そうか。あのおじさんは、廃墟団地にも定期的に姿を現すよ」

少年は驚いたようにいった。

「え、本当？　それはショック。鉢合わせしたら大変だ」

「あのおじさんがくるのはたいがい午前中だけどね。嫌いなのか？」

「うん」少年はいってから、慌てたようにいいなおした。「いや、嫌いっていうか、怖いだけ。悪い人だよ」

どう悪いのかはいわなかった。


日が沈んだ。

電柱の街灯がつく。

塒《ねぐら》に帰る鴉《からす》が空を横切った。

どこかの民家の窓をのぞくと食卓についている家族が見えた。

美容院の前を通り過ぎる。

美容院のウィンドウに映るのはやはり自転車に乗っている裕也だけで、私の姿はなかった。

前を裕也と同じぐらいの年齢とおぼしき三人組の女の子が歩いていた。

私たちが脇を通り抜けると、彼女たちは視線を向けた。同級生なのか、一人が、あ、東京君だぁ、と呟《つぶや》くのが聞こえた。もう一人が、ミカ、ミカ、東京君だよぉ、とからかうようにいい、さらに別の一人が、うるさ〜い、聞こえるだろ、ばか、ちゃんと中《なか》島《じま》君っていえ、といった。

裕也がペダルを漕《こ》ぐスピードが速まった。

「知っているか？　人生は一度しかない」私は彼女たちが見えなくなってからいった。

「知っているよ」

「好きな女の子には愛の告白をしておくべきだ」

「ああ、サブロウってば、いちいちベタであさっての方向のことというけどさ」裕也は自転車を漕ぎながら困惑気味にいった。「ぼくはそれについては間違っていると思う。仮に誰かに何か思っていることがあっても、なんでもかんでも相手にいえばいいってもんじゃないと思うし、その、みんな、なんというか、雑誌とかテレビドラマとかに騙《だま》されてそんなことをいっているように思える」

裕也が母親と暮らす場所は古い木造アパートだった。

裕也は紐《ひも》つきの鍵《かぎ》をだして、扉を開いた。

部屋数は二つで、そこそこ片付いていた。

窓からは隣のビルの壁という面白みのないものしか見えなかった。

夕食はインスタントラーメンだった。彼は私の分も作ってくれようとしたが、私は断った。

「ぼくは食事をしない。一人で食べてくれ」

「本当に？」

私は頷いた。

「そういえば、君のお母さんは、今晩どこに出かけているんだい」

「麻雀《マージャン》をしにいっている。職場の友達と」

裕也はキッチンで鍋《なべ》のなかの麺《めん》をかきまぜながらいった。

「必ず卵をいれろって母さんはいうよ。栄養のために。そして食べている途中で酢をいれると美味《うま》くなるって知ってた？　これけっこうみんな知らないんだけど」

「お母さんは麻雀にはよくいくの？」

「うん。よくいく。つきあいだから仕方ないんだって。ホステスの仕事もしていて、土曜、金曜はそっちの店にもでる。息抜きしないとね。ぼくの母さんは、なんでもできるし――いろいろやっていて格好いいよ」

不意に部屋が小刻みに揺れた。どうも近くに線路があり、電車が通過したようだ。

「子供の頃、ぼくが電車を好きだったから、線路に近い部屋を選んだんだってさ」

「なるほど」私は頷いた。子供想いだ。

裕也は麺を鍋から器に移して啜《すす》った。

「電車っていいよね。ぼくね、いつか電車に乗って遠くにいきたいな」

「旅をしたいわけね」私はいった。

「そうそう。ものすごく長い旅をするんだ。そして、その最中でどこかでチャンスを摑《つか》んで大金持ちになるんだ。母さんに楽をさせる。それがぼくの夢。ああ、ダメだ。自分のことばかり喋《しゃべ》ってる。サブロウは夢はある？」

「空に戻ることだ」私はいった。だが、夢というものが、気軽な空想でいいのなら、電車に乗って遠くにいくというのもいいかもしれない。

夜眠るまで彼はしばらく電車の話をしていた。寝台車や、山奥の秘境を巡る路線や、東京駅の迷路のような大きさなどを話し、テレビの旅行番組で見た北海道の駅弁から、さらには電車図鑑など引っ張り出してきて私にいろんな車両を見せた。そのまま眠りについた。

私は寝入っている少年の姿を見ていると、妙な情動に囚《とら》われた。

今ここで寝ている少年は、私自身ではないのか、という少し錯乱した気持ちだった。

目が覚めたら、今ここにいる幻のような私は消え失《う》せ、私は裕也になっているのでは？

私は自分で自分が薄気味悪くなり、窓の隙間からそっと外にでた。

二階のテラスから飛び降りる。

公園を横切っていると、ジョギングしている女と目があったような気がした。だが、これまでの経験から、人がこちらに視線を向けていても、見ているのは私ではなく、私の向こう側にある何かであろうと思ったので、特に気にせずに私は歩いた。

## 2

廃墟団地に女が現れた。

女は、廃墟団地の中央の公園に折り畳み椅子をだして座り、ビオラを弾きだした。

私が姿を現すと、女はビオラを膝《ひざ》に置いて手を振った。

「こんにちは」

「どうもこんにちは」私は、裕也以外にも自分が見える存在に驚きながらいった。

「あなたに会いにきたの」女は、少しはにかみながらいった。「私は高杉《たかすぎ》エアといいます」

「サブロウです」私はぺこりと頭を下げた。

少し早口でエアはいった。

「このあいだね、偶然、あなたを見たの。公園で。そしてあっと思って少し跡をつけた。あなたは気がつかなかったでしょうけど。気がついていた？」

「もしかしてジョギング中の人」

「そうよ」

「でも、どうしてぼくが見えるんですか？」

「私の場合、昔自分があなたと同じ存在だったから」

「風人だったと？」

「そうそう。カゼビトっていい名つけたわね。私もそんな感じで自分を捉《とら》えていた。風と同化していた記憶があるから。肉体のない存在」

しかし、彼女は今、風人ではない。彼女は生身の人間にしか見えなかった。質量も重量も、確かなものがあるように見えた。

「そんなわけで、手助けできることがあるかもしれないと思ってきたの。けっこういろんな人に出会ってきたし、情報はあるわ」

ありがたい。

「そういえばぼくが見える子供がいる」

「交流しているの？」エアはきいた。私が頷くと、エアは少し驚いた顔でいった。

「波長があうような人がいて、何かのきっかけで、いったん認識すると線が通じたみたいになってずっと認識されるときいたことがある」

あのとき裕也は友達を求めていて、私も交流する相手を求めていた。触れた瞬間、ラジオの周波数のようなものが合致したのだ。

「ぼくはどうしたらいいんですか。ここに墜落したんです。理由はわかりません。待っていれば空に戻れるかと思ったけど、どうも飛行力がない。ぼくは空に戻りたいんだ」

エアは頷いた。

「順番に話すわね。まず、あなたがなぜ墜落したのかは、私にはわからない。たぶん誰にもわからない。とにかく落下した風人で空に戻れるのは、重さがないものだけ」

「重さとはなんですか」

「体重計に乗ったときの針の位置ではないわ。存在としての重さよ。地上の人に対する、未練、執着、想い。そういうものが重さになっていくのだと思う。地上の人に認識されたり、交流したりするほど、重さが生じてくる。いったん重くなる方向に向かうと、二度と空には戻れない。あなたは」

エアはじっと私を見た。

「私の見立てをはっきりいえば、もう重くなりすぎて空に戻るのは手遅れだと思う。私があなたを発見するのが遅すぎたかもしれない」

確かに、私は日々、裕也と遊んでいた。そして廃墟団地をでて、町を歩いて、めんつゆの匂いに感動したりした。そうした全てをもう今更忘れてしまうこともできなかった。それらが重さだというなら、確かに私は重くなりすぎていた。給水塔で風を待ち続けていれば良かったのかもしれない。

私は歯嚙《はが》みして空に目をやった。

白い雲の塊がゆっくりと流れていく。

「このまま重くなるとどうなりますか」

「あなたは消滅する」彼女は同情気味にいった。「存在の重量はいったん増えたら減ることはない。ゆっくり増えるか、急速に増えるかの違いだけで、決して軽くはならない。

たいがい落下後、三ヵ月が消滅までのタイムリミットだと思う。とにかく私のときは、落ちて三ヵ月目に突入したあたりから、ああ、もうすぐもたなくなるわって感じがしてきた。個人差はあると思うけどね」

落ちたのが七月半ばぐらいなので、おおよそでいえば十月あたりだろうか。

なんとなく予感していたことでもあったが、改めていわれると恐怖をおぼえた。

「地上に落ちた風人が生き残る方法はひとつ……わかる？」

「わからない」

いいや、わかっているはずだ、と高杉エアは頷いてみせた。

彼女が、昔は風人だったが、今は人間の女である――ということは？

「人間の身体を乗っ取ることか」

「そういうこと。私の場合も、地上に墜落した理由はわからない。地上をさ迷っているうちに、女の子に出会ったの。窓から漏れ聞こえてくるビオラの音色に魅《ひ》かれてね。

何か本能的に、私はその女の子の、体、記憶、名前、全てを奪ってその子本人になったわ。そして十五年が過ぎて今ここにいる」

私はひどく重苦しい気持ちになっていた。

「通りすがりの女の子を殺してなりかわった」

「人間の生死というのは、肉体の生死でしょ。ひとつの命が続いているなら、彼女は生き続けていて、一度も死んでいない。客観的には〈性格が変わった〉だけだわ」

「うまくいくものなんですか？」

「彼女のこれまでの記憶が、全部自分のものになったのだからやっていけた。筆跡だけかなり変わったけど、子供だったから問題なかった。私に限っていえばうまくいったし、後悔はしていない。乗り移ることができるのは一回だけ。いったん誰かに乗り移って、失敗だったから別の人物に、はできない」

私が押し黙っているのを見て、あなたの気持ちはよくわかる、とエアはいった。

「後ろめたく思うことはないわ。私たちがそう生まれついている以上、もう仕方のないことよ。嫌なら消滅を選べばいいだけ。ただ、ひとつだけ助言するなら、乗り移ることを決めたのなら、有利な人間に乗り移らないと、後悔するわよ」

「有利って？」

「人生を有利に過ごせるような人ってこと。わかるでしょ？　わからなければ、それはそれでいいけどさ」

「相手を見つけたらどうすればいいんですか」

「入りたい、と思って飛び込めばいいのよ。簡単」

高杉エアが帰った後、私はじっと考え込んだ。

夜になると肝試しの若い連中が現れた。

「幽霊、お～い、幽霊、でてこ～い」

「きゃあ、やめなよお、そういうこといって、ホントにでたらどうすんのよお」

懐中電灯をもった男二人と女二人の計四人だった。

どうも彼らの話を盗み聞いたところによれば、その昔、ここで死んだ子供の幽霊がでたり、廃墟になってから、夜中に一室の灯《あか》りがついて、家族が食事しているのが見えたりといった怪現象の噂があるらしい。

私はじっと若者たちを観察した。若くて健康そうだ。乗り移る——いや、得た肉体からは二度と出られないのだから、彼らが何者かわからない以上、早まったことはすべきではない。

やがて彼らはきゃあきゃあいいながら、森の中に停めてある車へと戻っていった。

私は彼らの車に同乗し、廃墟団地をでた。

「ねえ、なんかついてきてない」女がいった。

ぎょっとしたが、本当に私が車内にいることに気がついているわけではなさそうだった。

町の駐車場で彼らの車をおりると、私は一人道を歩き始めた。

私があの晩、裕也に感じた言葉にできない情動は、もう整理して言葉にすることができた。私はきっと彼に乗り移りたかったのだろう。だが乗り移らなくてよかった。

私は彼を消滅させたくなかった。友人だからだ。彼以外の誰かに乗り移ろうと思った。

私は町を歩いた。

男と女どちらになろう？

子供と大人どちらになろう？

人生が有利なものはどこにいる？

何を重視するべきか。年齢。肉体の強さや美しさ、いや健康？　家庭環境？　蓄えこんだ財の量だって大切ではないか？

もちろん人間の内情に関しては、路上で見ただけではわかるはずもない。

健康だって、隠れた部分まではわからない。

若いから健康ともいいきれない。その日は選べなかった。

九月になった。

夏の熱気が遠ざかっていく。

私は町に出ては、肉体の物色を繰り返した。時には悪くはない若者の跡をつけて、家のなかまで入ったこともあった。

しかしその若者が外では苦行に近いような仕事をしており、さらに自宅では、法律の勉強で時間を埋めていて、家族に期待されていることを知ると、どうしても気が乗らなかった。

「もっといい人物がいるのではないか」と思い出すと、やはり誰一人選べぬまま時間が過ぎていった。

学校がはじまると、裕也は夏休みほど頻繁には遊びにこなくなった。週に一度やってきて、漫画やアニメや電車の話をした。

## 3

九月の三週目のことだ。

長い雨の後、冷たい風が吹いた。

「家に帰ったらさ、母さんが顔を怪我して泣いていたんだ。殴られたんだ」

廃墟団地の中にある公園で、塗装が剥《は》げたコンクリートの象に跨がって裕也はいった。

「誰が殴ったんだ？」

「桑田だって。母さんは給料日だったんだけど、そのお金も持っていったんだ」

「強盗じゃないか。警察にいったかい？」

「そうだよ！　サブロウもそう思うでしょ？　だからぼく、すぐに警察に電話すべきだって母さんにいったんだ」

裕也は地面を睨《にら》みながらいった。

「でも、母さんは、おかしいよ、〈桑田さんはみんながお世話になっている人だし、このあたりでは怖い人だから〉とかいって、警察にはいえないって。〈私にも悪いところがあるから〉とかいうんだ。なんだい、そんなはずあるもんか。殴ってお金をとっていいはずがない」

そのとき、私は遠くに自動車の排気音を聞いた。

「ここに誰かきたみたいだ。隠れよう」

私は裕也を促した。裕也には車の音は聞こえなかったらしく、私にいわれるままに自転車を隠し、廃墟の中に入り、階段を上がった。

ガラガラと音が近づいてくる。

三階の一室の窓から地上を眺めていると、作業着姿の桑田が現れた。

噂をすればなんとやらだ。

肥料の袋を積んだ台車を押している。

裕也はじっと桑田と、彼が入っていった四号棟を睨みつけた。

しばらくして桑田は去っていった。

遠ざかる車の排気音を聞いて、もう大丈夫だ、と裕也にいった。

「あの人はここで何をしてるって？」

「四号棟の一階の角部屋で植物を育てている」前にもいったような気がしたが改めて私はいった。

桑田が通う部屋の扉は鍵がかかっていた。

そこで裕也は裏にまわり、蜜柑箱を置いて足場を作り、ベランダから侵入した。

薄暗い部屋には鉢植えがずらりと並んでいた。

青々とした葉が伸びている。

裕也はひとつをひっ掴むと、壁に投げつけた。土と植物がぼそりと床に落ちる。

裕也は並ぶ鉢植えを順番に蹴《け》倒《たお》していった。

私は黙ってそれを見ていた。

全てが終わってから、裕也は泣きながら外にでた。

「ぼくは警察にいう。これはきっと何か——麻薬みたいな悪いものに違いないから」

「ついていこう」私はいった。

裕也はその日、町の派出所に入ると、そこにいた若い警官に三つのことを話した。

桑田という男が母を殴ったこと。

桑田が母のお金を持ち去ったこと。

桑田は廃墟団地でおそらく違法と思われる植物を栽培していること。

私は脇に立っていたが、警官に私は見えていなかった。

「あそこは立ち入り禁止になっているだろう？」

警官は眉根《まゆね》を寄せていった。「ごめんなさい」と裕也は俯《うつむ》いた。

「二度といってはいけない」

若い警官は話をきくと、裕也の住所と名前を書きとり、「あとは警察がやるから、まかせておきなさい」といった。「すぐに捜査するけれど、危険だからこれ以上関わらないように」

裕也とは彼のアパートの前で別れた。

何か妙な胸騒ぎがしていた。

私は廃墟団地には戻らずに、桑田の店にいってみた。純喫茶アムステルダムだ。閉店していた。二階のトイレの窓が開いていたので、そこから中に入った。私はどんな壁でも簡単によじ登ることができる。

二階は事務所になっているようで、ソファや事務机が置かれていた。事務所には桑田一人だけがいて、誰かと電話で興奮気味に話していた。

「ああ、持つべきものは友人だと今日ほど思ったことはないな。教えてくれてありがとうよ」

桑田は電話の後、車に乗った。私は助手席に乗ってついていった。桑田が向かった先は廃墟団地の栽培部屋だった。

そして鉢植えがぐちゃぐちゃになっているのを見ると、大きな声で喚《わめ》いた。「クソガキが！」しばらく罵倒《ばとう》の言葉を壁に向かって叫ぶと、軍手をつけて、注意深く苗をゴミ袋にいれていった。証拠隠滅だろうか。

その夜、桑田は事務所に戻ってからどこかに電話をかけた。相手はわからない。

「もしもし、毎度ですぅ、えへへ、へえ、桑田ですよぉ。まだ捕まってませんよ、そんなへまするはずないじゃないですか、たはは」桑田はいった。「例の女の子を一人欲しいって話ですが、男の子はどうですかね、あ、いりますか。すみません。それが、都合よくいるんですよ、東京からきたシングルマザーの子で、足はつきません、はい」

# 4

桑田が学校帰りの裕也の横に車を停めたのは、裕也が植物を全滅させ派出所に駆けこんだ二日後だった。

私はそのとき助手席に乗っていた。二日間ずっと桑田と行動を共にしていたのだ。

「乗れ、はやく、乗れ」

有無をいわせぬ口調で桑田はいった。

「お母さんが大変だからよ、乗れ」

桑田は裕也を後部座席に乗せた。

静かな人気《ひとけ》のない住宅街で、裕也が車に乗せられるのを見ている者はいなかった。

「母さんは？　どうなったの？」

「ああ、いけばわかる。会わせてやる」

道を走りながら桑田はきいた。

「おまえ、よくあの団地で遊ぶのか」

「え？　団地？」裕也はとぼけた声をだした。

桑田はふんと笑った。

「あんなとこで遊んで幽霊を見たりしないか？　あそこは昔っからでるって場所だぞ」

裕也は答えなかった。

「どうして幽霊がでるか知っているか」

「いえ」裕也は小さく答えた。

「俺は昔、あの団地に住んでいた。炭鉱がまだ操業していて、あそこには人がたくさん住んでいたんだ。高台のふもとにはもう取り壊されたが小学校もあった。そこに通っていた。

俺が十二歳のときな。団地で十歳の子供が死んだ。

ハルちゃんって男の子だ。俺とハルちゃんはいつも一緒にいた。二歳下のハルちゃんは俺の舎弟というか、子分みたいな存在だった。傍目《はため》には兄弟の如く仲が良く見えただろうが、俺はいつもハルちゃんをいじめていた。

ハルちゃんはそのとき階段にいた。ちょうど団地の東側から道路におりる階段な。

俺はそのとき特にむしゃくしゃしていたので、なんとなく後ろから蹴ったら派手に転がり落ちた。殺すつもりなんかなかったんだが、後頭部を悪い具合に打ちつけて白目を剝《む》いてぴくぴくしていた。

俺は慌ててその場を離れると、自転車に乗って逃げだした。そして近所の川でザリガニ釣りをしている連中に交ざってずっと一緒に遊んだ。もし誰かに何かきかれたらずっとザリガニ釣りをやっていたといおうと思った」

桑田は小さく溜息《ためいき》をついた。

「ハルちゃんは、団地の連中が救急車を呼んで、病院に運ばれたようだが、打ち所が悪くて病院で死んだ。結局目撃者はいなかったので事故ってことになった。葬式にでたよ。みんなが俺を気遣った。大事な弟分を亡くして塞《ふさ》ぎこんでいると思ったんだろう。もちろん俺は大いに塞ぎこんだ。殺したくて殺したわけではないのだしな。

それ以後、この団地に子供の幽霊がでる――と噂になったわけだ。

それから五年後、俺は強盗をやって少年院に入って、そのあいだに炭鉱が閉山になり、あそこは無人の廃墟になった」

私は窓の外を流れていく九月の田園に目を向けた。

「なぜ警察が動かないのか、教えてやる」

桑田は笑いながらいった。

裕也が息を呑《の》んで緊張するのがわかった。

「おまえが勇んで派出所に駆けこんだときに、おまえの話をきいた警官が――そう、おまえには非常に運の悪いことだったが、たまたま俺の顧客だった」

車内は静まりかえっていた。

「まあ俺からいろいろ買っているわけだ。俺が捕まるとそいつもまずい。だからおまえのタレコミはそこで止まった。そしてすぐに変なガキが通報してきたぞ、と連絡がきた。おまえの敗因は運だ。俺は急いで団地に向かった。俺の趣味のハーブの鉢植えが全滅していた。丹誠込めて育てていたんだぞ？　末端価格で二千万前後の損害だ。おまえのことは許さない」

私は桑田のそばにずっといたので知っている。

全て事実だった。

ミラー越しに見ると、裕也は蒼白《そうはく》になって震えていた。だが小さな声でいった。

「母さんを殴って、お金をとっていった」

「ああ」桑田はふっと気の抜けたような穏やかな声でいった。

「だからか。なるほど。だから密告したか。おまえの母さんは俺から借金をした。工場の同僚との賭《か》け麻雀だ。借用書もある。貸した金を回収して何が悪い？　責任を果たすのは当然のことだ。おまえのやったことも同様。子供だから責任はとらないで済む、という風に俺は考えない」

桑田が裕也をおろしたのは、廃墟団地だった。

「おまえ以外に、このことを知っている奴がいるか？」

「このことって？」

桑田は裕也の両肩を掴んだ。

「俺の趣味のハーブ栽培をおまえがめちゃくちゃにしたことだ。おまえは学校では友達がいない。知っているよ」

「母さんはどこにいるんですか？」裕也はあたりを見回しながらきいた。

「まだ信じていたのかおまえ」桑田は笑った。

「おまえの母さんは、今日は工場だろ。さもなきゃ、どっかのオヤジと店外デートでもしてるかどっちかだ。どちらかは知らない。車に乗せるための方便でいっただけで、ここにはいない」

私は桑田の背後から、裕也の前に姿を現した。

「駄目だ」

裕也が私に気がついていった。

「サブロウ、逃げて、逃げて人を呼んで」

桑田はびくりと身体を震わせ、裕也の視線を追って私を見たが、やはり認識できなかったのだろう。裕也に視線を戻した。

「誰にいったんだ？　頭の中の友達か？」

「見えないの？」

「は？　ああ、さっきの幽霊の話にあわせたわけだな。なかなか名演技」

桑田は笑いながら裕也の両手に手錠をかけた。

そして今度は床に座るように命じ、足を粘着テープでぐるぐる巻きにした。

桑田は身動きのできなくなった裕也を空き室のコンクリートの上に仰向《あおむ》けに寝かせると、煙草を一本吸ってから、拳銃《けんじゅう》をとりだした。

後になって思えば、これから会う相手との取引において、万が一の護身の目的で所持していたに違いなかったが、私はそれで裕也を撃つのではないかとひやりとした。

桑田は拳銃に弾丸を詰めてから内ポケットに戻した。

次に携帯電話をとりだすと誰かと短く話した。電話を切ってから、寝転がっている裕也にかがみこんでいった。

「俺はいろんな仕事をしている。おまえの母さんのように賭けごとの金を融通してやるときもあれば、〈趣味のハーブをわけてくれ〉という注文に応じることもある。なかには海外の危ない組織からも注文があってな。〈十五歳以下の子供が欲しい〉などというけったいなものもある。もっともさすがに胸が痛むからな。できるだけ注文には応じないようにしている。だが今回は特別だ」

裕也が何かいう前に、その口に猿轡《さるぐつわ》がかませられた。

「要するに、俺を相手にしたのが悪かったってことだ、な」

やがて二人の男が室内に入ってきた。

一人はサラリーマンにしか見えないスーツ姿の中年男だった。営業鞄《かばん》をもっていた。もう一人は妙に体格がよく筋肉が盛り上がっている。こちらは引っ越し業者の制服に、麻袋をもっていた。

スーツの中年男は、桑田に封筒を渡すといった。

「マイドデスう、このコですカア？」

妙なイントネーションだった。

桑田は頷いた。

「そうです、どうも」

スーツの中年男は裕也をじっと眺めた。

「このあいだのオニャノコのほうが良かったデス」

「あんなのは滅多《めった》にはいらないですよ」

桑田はへつらうように笑った。

封筒の中身を確認した。

私も一緒に封筒の中身を確認したが、裕也の値段は二十万円だった。

桑田は「じゃあ、これ手錠の鍵です。後はご自由に」といって鍵を渡し去っていった。

私は裕也のそばにいき、その手を握った。

裕也は絶望に打ちひしがれた目で私を見た。

「大丈夫だ」

私は裕也に囁《ささや》いた。


私は重くなりすぎていた。なんにせよ、消滅まで数日もないだろうと自分でわかる。

選択の余地はないのだ。

私は助走をつけて桑田の背中に飛び込んだ。


桑田のなかがどんなところであったかうまく説明できない。

重力のない静かな場所だった。大地も天もなく、ただ一人子供がいた。

それは桑田の中にいる〈桑田〉だった。

〈桑田〉は、じっと目を細めて私を見た。

――ハルちゃん？

私は〈桑田〉にいった。

――違う。名前はサブロウだ。

――でもハルちゃんじゃないか。どうしてここにきたの？

——ハルちゃんって大昔の団地の子か？　君が突き落としたとかいう。

〈桑田〉は小さく頷いた。

〈桑田〉が風をそう感じ、そう認識しただけのことだ。

私は空から降ってきた。地上の誰かなどではない。

違うよ、ともう一度いおうとしたところでふと、遠い昔にハルちゃんとやらであったことが絶対にないとも限らないのでは？　と思った。団地にも、そこから町へおりていく道にも不思議な懐かしさを感じていた。

だが、今はそんなことはどうでもよかった。

私が進むと〈桑田〉は後ずさっていく。

私たちは肉体を争い、戦った。

彼はさほど強くはなかった。彼は私を怖れていた。

私の身体がひときわ輝き、その光を浴びた〈桑田〉は哀しそうな顔をした。〈桑田〉の身体がさらさらと灰になっていく。

目を開くと私は桑田だった。

とてつもなく重い身体。足が大地を踏み、皮膚が外気を受ける。心臓が血液を全身に送っていく。肺で呼吸している。

これが――獲得した肉体。実体。

私は上着の内ポケットを探った。感嘆している場合ではない。急がなくてはならなかった。

拳銃をとりだし、安全装置を外した。

裕也を引き渡した部屋に戻った。

裕也はちょうど麻袋に入れられたところだった。

私は麻袋にかがみこんでいるスーツの男の後頭部に向けて発砲した。破裂音と共に、血が噴出する。体格のいい男が何か叫び、跳び退《すさ》ったが、私は素早くそちらに銃口を向けると、躊躇《ちゅうちょ》なく引き金をひいた。

私は麻袋から裕也をだした。

裕也は目を見開いて私を見ていた。私はスーツの男がもっていた鍵で手錠を外し、営業鞄に入っていたナイフで粘着テープを切り裂くと彼を立たせた。

「はやく家に帰れ。二度とここにくるな」

桑田の姿、桑田の声で私はいった。

裕也はちらりと、血を流して倒れている二人の男に視線を走らせ、続けて私の手の拳銃を見た。

「どうして」

「俺は変わったんだよ。たった今な」

これほどの真実は他にあるまい。

裕也は背を向けて走り去った。

さようなら。うまくやれよ。いつか君は電車に乗って遥かな土地を目指すといい。

人の心配をしている暇はあまりなかった。

裏社会で、あるいはきっと表社会でも、二人殺せば抹殺されるか、あるいはそれに近い処分を受けるはずだ。

とにかく今すぐここを離れ――だが、今日の夕食は蕎麦屋で蕎麦を食べよう――新しい出発をひっそりと祝おう。

長い逃避行がはじまる。

高い秋空を見上げた。

車に戻り、エンジンをかけた。

そして世界で一番美しい坂道にでると、アクセルを踏んだ。

# カイムルとラートリー

黒く幼い獣はいつも母のあとをついて歩いていた。

母の毛並みは彼と同じく真っ黒だった。

母は木の実のある場所を探し歩き、羊を狩った。

高原で、二匹はいつも一緒だった。

母と子は並んで羊を食べた。

そして洞窟《どうくつ》では、身を寄せて眠った。

二匹はその獣特有の、特殊な声で喋《しゃべ》っていた。

――〈奴ら〉の臭いがきつくなってきたから、そろそろ遠くにいかなくてはね。

母はいった。

はげたか岩という大きな岩があり、そこから向こう側は〈奴らの領域〉だった。

奴らというのがなんなのか幼い獣は、よく知らなかったけれど、恐ろしいものに違いなかった。

はげたか岩には、〈奴ら〉の頭骨が積み上げてあった。

頭骨の山は、〈奴ら〉に対し、この岩から先、こちらに入ってくれば殺すぞ、という意味だと思っていた。

カイムルは、まどろみのなか、母のことを想う。

あの日人間がこなければ、自分はいつまで母さんに甘えられただろう。

ずっといつまでも、ではないとわかっている。

別れの日、幼い獣はいいつけ通りにはげたか岩のこちら側にいた。

母獣はそばにいなかった。

二本足で立つ奇妙な生き物がこちらに向かってくるのを見たとき、幼い獣は瞬時に、ああこれが初めてみる〈奴ら〉なのだと察した。

その奇妙さに、ひどく驚いたが——一見したところ相手の身体能力は決して高くはなさそうだった。

一瞬の硬直からとけると、すぐに走った。

奴らが縄張りを侵してきた。

母さんに、知らせなくっちゃ。

一度振り返った。

大丈夫、追いついてこられない。

しかし、次の瞬間地面が動いた。

ぽんっと宙に跳ねあがり、網に搦《から》め捕られ、樹の枝にぶら下がる。

それが母と子の別れだった。

幼き獣は、泣き叫ぶ以外に何もできなかった。

## I

市場で彼を買ったのは、一帯を仕切っている族長だった。

族長は数百頭の羊と鶏を飼っていた。広大な耕地をもっていた。たくさんの子供たちがいて、使用人だか妾《めかけ》だかわからない女たちも大勢いた。

族長は檻《おり》に入った小さな彼を見ると、目を細め、商人の言い値を払った。

彼は族長の家に到着するまでの間は、ほとんど何も食べていなかった。

到着するなり、山羊《やぎ》の乳やら、干し肉やらをどんどんくれるので、これはいい場所にきたと思った。

族長は煙管《キセル》をふかしながら、集まってきた家族に彼を紹介した。

「崑崙虎《こんろんどら》という世にも稀《まれ》な虎の子だというがどうだかの」

「聞いたことありませんな」

「パールバティーが乗っている奴かね？」

「あれは黒くないのでは？」

彼は裏庭に放された。

「うわあ、かわいい」

子供たちがさっそく遊びたがった。

彼は撫《な》でまわされる。

食と住が満たされると、彼は撫でてもらいたがり——遊んでもらいたがった。

自分が人間でないことは知っていた。

ここには人間しかいないのだし、もしも牙《きば》を剝《む》いたりすれば、すぐに撲殺されてしまうこともわかっていた。

ただそうしたことよりも、人間を玩具《おもちゃ》にして跳びはねたいという衝動のほうが強かった。

彼はそこで、カイムルという名をもらった。

カイムル、おいで。

カイムル、座って。

カイムル、この樹の枝をとっておいで。

族長の家族は彼を、賢い、賢い、といって愛《め》でた。

やがて彼――カイムルは人間の言葉をさらに深く理解していった。

あるときカイムルは、族長の息子にいった。

「ごはん、たべたい」

少年は目を見開いた。

「なんだって？」

「かいむる、ごはん、たべたい」

少年は跳び上がって家のなかに戻っていった。

わらわらと大勢がでてきて、彼に喋らせた。

「カイムル、カイムルっていってごらん」

「かいむるう」

「こっちにいるのは？　誰？」

「レミイおばさあん」

「おやおや、カイムルは言葉をおぼえたんだよ」

カイムルは、言葉をおぼえて話せば、より愛され、絆《きずな》を得ることができるのだろうと漠然と考えていたが、そうはならなかった。

喜んだのは一部の子供だけだった。

「薄気味悪い！」

族長の妻がいった。

「獣に、知恵がついたな。これは危ない」

族長が腕を組んでいった。

「体も大きくなってきて、小さな子が遊んでいるのを見るとぞっとするわ」

「ちょっとこれは占いが必要だ。あちこちで相談してみよう」

カイムルは族長の家を去ることになった。

檻に入れられ、族長の弟の荷車に載せられた。

一切の抵抗をせず、指示されるままに、ただ黙って自分から檻に入った。

緩やかな丘を、驢馬《ろば》が引く荷車が進む。

カイムルはしょんぼりとうなだれていた。耳も下がっていた。

「怨《うら》むなよ。カイムル。おまえを家に置いておけば災いが起こると占いがでたのだ。

だが、次のおまえのもらい手は凄《すご》いぞ。おまえがこれからいく場所は、ここよりもずっといいはずだ。なにしろ世界の中心だ」

族長の弟はいった。

市場に入っていくと、誰もがカイムルに目を向けた。薬草売りは族長の弟に話しかけた。

「いったいこの動物はなんだね？」

荷車がとまるとみなが集まってくる。

「このあいだ化《け》外《がい》の地で捕れた神獣ですよ。蛮族が捕獲したものでね、兄が買い取ってうちで育てていたんだけど」

「毛が真っ黒だが、虎のようにも見える」

「いいや、崑崙虎とかいう種類で」

「世の中にはいろんなモノがおるな」

「もともとは、人喰《く》いの獣で山上に頭骨を積み上げていたそうです」

「ほほ、では本物の魔獣ですか」

「まだ幼獣ですがね」

「育つと、危ない、かな」

「かいむる、あぶなくない～」

「おや、こちらを向いて何か喋ったぞ」

「それがね、人語を少しおぼえ始めてるんでさ」

「動物がかね！」

「驚きでしょう、あっしも魂消《たまげ》てるんですわ」

「見世物小屋が、買いたがるだろう」

「そんなところには持っていきません」

「ではどこに持っていくんだ？」

「帝都ですよ。兄が帝都の官吏に話したところ、とんとん拍子で皇帝への献上物にすると、決まりまして。本日ここで引き渡しです」

## 2

帝国の兵士に引き渡されると、カイムルはいよいよ心細くなった。

今度は大きな茶色い馬の引く幌《ほろ》のついた荷車に揺られた。

献上物を死なせてはならぬ、とお達しがあったのか、一日二回は水と肉を与えられた。

暇なときは兵に話しかけた。なんとなく仲が良くなったような気がしたが、しょせんは檻を挟んでのことで、わからない。

開いた幌から見える外の景色は、荒野のものから、町のものになっていた。

延々と民家や商家が立ち並ぶ通りを進んだ。

人間の町には不思議で刺激のある無数の臭いがした。

やがてカイムルは地上におりた。

檻からだされ、首に綱をつけられる。

ゆっくりと伸びをした。

土の臭いを嗅《か》ぐと嬉《うれ》しくなった。

久しぶりに四本の脚で立ったせいで、少し脚が震えた。

見回すとずいぶんと整頓《せいとん》されたところだった。

ピンクや紫の花を咲かせた樹がある。

一人の男が数人の取り巻きたちと現れた。

カイムルは、自分の首につけた綱を持った兵士がさっと地面に膝《ひざ》をついたのを見た。

やってくる男は青く輝く服を着ていた。

相手がどんな人物なのか、カイムルは身なりと、臭い、そして周囲の人間たちの気の遣い方で判断していた。やってくる男は妙に偉そうで、しかしどこか異様で恐ろしく、自分の傍《そば》の兵も萎縮《いしゅく》している。

思わず低く唸《うな》った。

すると横の兵が囁《ささや》いた。

「こら。唸るな。あちらにおわすのは地上で一番偉い方だ。いいか。決して牙を剝くな。そんなことしたら、俺もおまえもみんなすぐ死ぬぞ。おまえは利口なんだろう？　それを信じているからな。抑えろ」

カイムルは唸るのをやめた。

「おお、ほう！　おう、これか」

青い服の男は満面の笑みを浮かべた。

「朕《ちん》は皇帝じゃ。わかるか？　獣」

カイムルは伏せて上目づかいに皇帝を見た。

「わかります、こうていさまは、いちばんえらいかた」

「ほうっ」

皇帝はのけぞった後、大喜びで笑った。

「噂は本当か、喋りおる。こりゃあ、珍宝ぞ」

従者が追従笑いを浮かべた。

「なぜここにきたのかわかるか」

「わかりません」

「感心、感心」

「好きな食べ物は？」

「ひつじのにく」

「喰わせてやろうではないか。なあ？」

皇帝は従者に同意を求めた。従者は「はい、喰わせてやりましょう。では準備させます」と一歩下がり、下っ端らしき若者に小声で指示をだした。

「しかしこやつは、虎か？　どうも違うな」

「化外の高原の奥地にいた崑崙虎のことです」

カイムルの傍らの兵がいう。

ほうほう、と皇帝はいって髭《ひげ》を撫で、黒い獣をのぞきこんだ。

「名前はなんだ」

「かいむる」

「犬ぐらいの大きさだな。ラートリーの誕生日祝いによいな」

カイムルは大きな建物のなかの一室を与えられた。

壁の高いところに小さな明かりとりの窓がある他は、何もなかった。

壁の一面は鉄格子になっていた。そこはまさに牢獄《ろうごく》そのものだった。

世話係の女がやってきた。

「みずをください」

カイムルがいうと、世話係の女はじっとカイムルを見てからいった。

「こりゃ、世話が楽そうだ」

皇帝の世界にやってきてから数日後。

帝国の諸侯が集まった大広間での宴会に、カイムルは首に綱をつけられて、連れだされた。

「お集まりのみな様、さあ、本日のラートリーの誕生日祝い、宴もたけなわのところ、ご紹介します。次は皇帝からラートリーへ。化外の地の、蛮族の狩人によって捕獲された、崑崙虎！」

司会の言葉にみなが沸きたった。

席のあいだを連れまわされる。

みな肉や、果実を差しだした。しかし、事前に断るようにいわれていたので、カイムルは口にしなかった。

「ありがとうございます。けっこうです」

「うへっ、喋った」

「おっと忘れていました。崑崙虎は、普通の獣と違い、話します」

司会がいった。

「おまえの飼い主の名をいってみろ」

酔っぱらった皇帝の従兄弟《いとこ》だか、兄弟だかがいった。

「こうていさま……」

「おまえの飼い主は、こうていさまではなく、第三皇女のラートリーだ。おぼえておけ」

誰かが呼んだのだろう。九歳か十歳ぐらいの少女がカイムルの目の前に現れる。

「この娘だ。ラートリー皇女」

足が不自由なようで車のついた椅子に乗っていた。無数の宝石が服に縫い付けられていた。

少女は訝《いぶか》しげな目でカイムルを見ていた。

少女に綱が手渡されると、宴の席は拍手喝采《かっさい》となった。

少女と獣はしばしば見つめあった。みなが静まって注目している。

「私はラートリー」

「ぼくはかいむるです」

何がおかしいのか彼にはわからなかったが――周囲がどっと笑って拍手した。

「あなたは誕生日の贈り物で、私がもらったのよ。こんにちは、カイムル」

「こんにちは、らーとりーさま」

「賢いのね」

「はい」

ふふ、とラートリーは笑った。

「遠くからようこそ」

「はい」

ラートリーは頷《うなず》くと、綱を兵に渡した。そして侍女に車椅子を押してもらいながらその場を去った。

再び宴にざわめきが戻る。

「人語を真似する鳥はおりますが、こんな虎みたいな生き物が話すのを見るのは初めてですな」

「いや、真似しているのではなく理解して話している。これはずいぶんな違いだぞ。神界の生き物ではないかね」

一通りのお披露目が終わると、兵士たちに連れられて格子の部屋に戻った。

世話係の女が現れて、水と小麦と肉を練った団子を用意する。

「宴会はどうだった？」

世話係の女はきいた。女は名をサーラといい、四十四歳の、宮廷に勤めて二十五年になる下女だった。家畜の世話に長《た》けているということから抜擢《ばってき》されたのだ。気立ての良い中年女だった。

「さーらさまは、いかなかったのですか」

「あたしなんかが出るところじゃないし、出たくもないよ」サーラは笑った。

「らーとりーさまにあいました」

「ああ、ラートリー様。あの方は少し不思議な方さ」そこで用心深げに口を噤《つぐ》んだ。

ついさきほどいた宴席は物凄く賑《にぎ》やかだったが、牢獄は静まっていた。

「ぼくは」カイムルはいいかけて、やめた。

ぼくは——？

あの宴席で四足獣は自分だけだった。

「ぼくはなんだい？」

「ぼくだけがけものです」

サーラの目が大きくなった。つまらなそうにふん、と鼻を鳴らした。

「そんなことは、仕方がないことだろう」

族長の家とは違い、皇帝の世界では喋れば喋るほどもて囃《はや》された。

獣のお喋りを聞きたがるものが、鉄格子の前にやってきた。

「ほれ、カイムル、客を連れてきたから、喋ってみせろ」

「みなさまこんにちは」

でもそれも、数日の間のことで、やがて牢の前を訪れる者は減っていった。

夕食を食べ終わって、眠っていたときだった。

気配を感じ、カイムルは目を開いた。檻の向こうに三人の女がいた。

一人は第三皇女のラートリーで、宴席以来だった。その日も車のついた椅子に座っていた。

もう一人は、皇女の侍女だった。二十代半ばぐらいの陰気な顔をした女だった。三人目は世話係のサーラだ。

「カイムルを、檻からだしてあげて」

ラートリーはサーラに命じた。

「いや、それは、その」

サーラは困惑気に言葉を濁した。

「こんなのかわいそうだわ。それに、宴席ではじめて会ったけれど、賢くて、人を襲わないってわかったもの」

「それは私もそう思いますが」サーラはいった。「カイムルは大きいですので」

「なりませぬ、姫」侍女がいった。

「だしてあげてよ。私がもらったものでしょ。頭がいいのだし、カイムルは宮殿を普通に歩いていいはずだわ」

「そんなことをしたら、喰い殺されます」

「喰い殺さないよ、ねえ？　君は喰い殺したりしないよね？」

ラートリーはカイムルに視線を向けていった。

「くいころさないです」

侍女が短い悲鳴をあげた。

ラートリーの顔いっぱいに笑みが浮かんだ。

「本当に意味がわかっていて喋っているんだよね？」

「すこし、わかっています。わからないことばもある」

「気味が悪い」侍女が呟《つぶや》いた。「分《ぶ》をわきまえぬものって、人でも獣でも汚らわしいこと。ラートリー様、私は何か邪《よこしま》なものを感じますわ。危険では？」

「私は感じないわ。本当に危険なのはカイムルじゃない。人間よ。ねえ、カイムル。いろんな話をしよう」

「どんなはなしがいいですか」

「君が暮らしていた化外の地の話がいいな」

カイムルは格子の向こうのラートリーに話した。

青い花の咲く高原。

どこまでも広がる野原。

黒々とした森。

ひたひたさらさらと流れる小川。

夕暮れに染まる雲。

人間はいない。

蜜蜂《みつばち》と、山羊と、猪と、野に実る甘酸っぱい赤い果実と。

少女はじっと聞いていた。

だがカイムルがうまく話せたとはいい難い。語彙《ごい》が少なく、語り方も知らないからだ。

蜜蜂だってなんだってごちゃごちゃとした説明をするより他はない。

ラートリーはサーラに命じた。

「ほら、子供にいろいろ教えるのに、絵のついたカードや何かあるでしょう。ああいうのを使ってカイムルを教育してください。もっと言葉を増やし、豊かにものを考えられるように、いろんなことを教えてあげて」

サーラはぽかんと口を開いた。

檻の中の獣を教育？

「なに？　不満？」

「いえ、皇女様、そんなことは決して」

「教育は難しい？」

「いえ」サーラは何度も頷いた。「むしろ、この子は、ええ……伸びる、と思います」

そして世話係のサーラはカイムルを教育しはじめた。

ラートリーの案の通り、絵のついたカードをもってきて、単語を教えた。数日後にはすぐ紙芝居を持ってきた。

「そこを、おこった、シバのかみさまが、ぜんぶ、はかい、してしまいました」

紙芝居の前に、カイムルはちょこんと座って首を傾げ、熱心に絵を眺めた。

カイムルは数学関連はさっぱりだったが、それでも二十まで数を数えられるようになり、言語や、人間社会の知識に関しては飛躍的に上昇した。

ラートリーは昼夜問わず、しょっちゅう現れるようになった。

ラートリーはたいがい人形や小物をもってきた。

カイムルが見て、何か感想をいえばいいのだという。

これは狼の印ですね、とか、とても綺麗《きれい》な宝石だ、などと答えると喜んだ。

ラートリーは何度もカイムルに話をせがんだ。その度にカイムルは話をした。

族長の家。そこの子供たち。中庭を吹く夏の風。

「カイムルを自由に外に出せるようお父様に頼んだけど許可を得られなかった。でも君と一緒なら、私が入ってもいいでしょ」

サーラにきくと、すかさず侍女が口を挟んだ。

「姫、何のためにわざわざ汚い場所に入るのですか？　もしも万が一、万が一ですよ。この獣が姫を噛《か》んだりすれば、お止めできなかった私の首が斬られます。話せる獣など、信用なさいますな。この獣、聞くところによれば、人喰いといいますぞ。巣穴の前に狩った人間の首を積み上げていたとか」

「かいむるはにんげんはくわない」

「黙らっしゃいっ！」侍女は叫んだ。「この化外の地の魔性が！　姫をたぶらかすな！」

「サーラ、君はこれまで、ただの一度だってカイムルに噛まれたことはあるかい？」

「ありません、姫」

「かいむるは、らーとりーさまをかまない」カイムルも続けていう。

「ほらね」

「ですが、姫」

「たぶらかすも何も、私がここにきているのは自分の意志だ。カイムルに話をせがんでいるのも自分の意志。彼は、一度も自分の要求をいったことがない。感心なものだ。むしろ彼はそのあたりの人間より高潔だ。少し二人で話したい」

サーラはラートリーの味方をした。

「平気だと思います。犬でもなんでも一度ぐらいはお触れにならなければ、飼っていても面白くありません。もちろん万が一のときカイムルを止められるよう私も一緒に入りますが」

世話係の女がラートリーにつくと、侍女は渋りつつ折れた。

ラートリーは檻に入ると無邪気に笑い、車椅子を自分で動かして近寄ると、獣の黒い毛に触れた。

「ふさふさ」

ラートリーが頭を撫でると、カイムルは目を細めて、仰向《あおむ》けになった。

「君は、自由に、凄い速度で野原を駆ける獣なんだ」

ラートリーはうっとりといった。

皇帝と数人の取り巻きと一緒に、カイムルは広大な庭を散歩した。

首に綱をつけられ、屈強な兵士が両脇についた。サーラは近くにいなかった。

磨きあげられた大理石の通路。

蓮《はす》の葉の浮いた池の白鳥。

のんびりと昼寝をしている亀。

ふと、前方にやたらに背の高い巨大な獣が現れた。なんという長い脚だろう。

「あれはいったい」

「麒麟《きりん》じゃ。首が長かろう」

首の長い巨大な獣は、高い枝についた葉を食べていた。

その向こうには象がいた。大きな耳、太い脚に長い鼻。

「ここはどうぶつがいっぱい」

「そうじゃのう、楽しいか」

「はい」

「動物というのは、動物同士で話をしておるのか？」

「わかりません」

「ここの動物はみなおまえのようには喋れない。おまえは特別だな」

「ありがとうございます」

「おまえは朕の命令はなんでもきくか」

皇帝はにこにこと笑っていた。

「はい」

「おまえの母に会いたいか」

「は、はい」

カイムルは皇帝に連れられて、大きな建物に入った。

嗅いだことのない厭《いや》な臭いがする薄暗い建物だった。

妙なものがずらりと並んでいた。

皇帝は歩きながら、目についたものを、あまり熱のない口調で紹介していった。

「ほれ、そこにあるのは、わしの先祖がマラーター族と戦争したとき、捕らえた将軍が纏《まと》っておった鎧《よろい》で、その横にあるのが、火焔《かえん》鳥よ。内臓を抜いて、特別に腐らない秘技を施してある。隣が大森林にいた深紅の竜よ。どうだでかいだろう。巨竜ヴリトラの末裔《まつえい》という説もあったな。その奥にあるのは、黄金だらけだとかいう東方の島国の刀だ」

説明されてもさっぱりわからないものばかりだった。

そして、それはいた。

真っ黒な獣。

体から力が抜けていく。

母さん。

母さんはもっと大きかった。ぼくはずいぶん大きくなったのだから。

でもわからない。ぼくを見ようともしない。

母さんは静止している。

「おまえが暮らしていた山の近くでな、里の近くに出没して、人間を襲う魔物がいるという話がでていたのよ。なんと百名以上を喰い殺し、小さな村里は耕地を放りだして逃げる有様でな。相当に頭がいいのだろうな。どうにも捕まらない。で、そっち方面に駐屯させている帝国の兵を退治に乗りださせてな。なんと獣一匹に三百名投入した。これまたこちらの兵が何人も死んで。ようやくうまく罠《わな》にはめて殺したのよ。ほれ、いざどんな魔物かと見てみればおまえと同じ種族ではないか。おまえの母ではないのか？　おまえの母に似とるかの？　もっとも人に育てられたおまえと違って言葉は話せないようだったから、飾りぐらいの価値しかないんだがの。やはり人間でもなんでも育ちでいくらでも変わるの。まったくもう一匹幼獣が欲しいのお」

皇帝は嬉々《きき》として話した。

カイムルは呆然《ぼうぜん》としていた。

内臓を抜いて──腐敗しないように処置した母の──。

母さん。

もう温かくはない。母さんの匂いもしない。

カイムルは蹲《うずくま》った。もうその黒い獣の顔を見ることができず、がたがたと震えはじめた。

容赦なく皇帝の声が降ってくる。

「うはは、おまえは良かったのお。わしらに飼われて。世界で一番豊かな場所だぞ。世界一だ。ここは。うはは」

何をいっているのかわからない。

人を喰った獣は殺さにゃならんだの、なんだの。

侍従たちの笑い声。


はっと気がつくと牢獄の中にいた。

いつもの部屋だ。

明かりとりの窓から薄い光が差し込んでいる。

今のは夢だったのか。いや、わからない。

ただじっと呼吸だけをする。

母さん。

温《ぬく》もりをおぼえている。

サーラが、食事と水を持ってくる。

ラートリーも一緒だった。

ラートリーはカイムルの前に跪《ひざまず》くと、そっとカイムルを撫でた。

「ごめんね、カイムル。本当に酷《ひど》い。酷いことを」

ラートリーは泣いていた。

少女はカイムルがどんな目にあったのか耳にしていたのだ。

しばらくラートリーはそこにいた。だが、消沈したカイムルが再びうとうとしはじめた頃、いなくなった。

やがて目を覚ますと夜だった。

明かりとりの窓から月光が差しこんでいる。

この先、自分はどうやって生きていくのか。

食べて眠り、見世物にされ、食べて眠り見世物にされ、ただそれが死ぬまで続く。

そういうことがわかってしまった。

深い眠りに落ちる。

夜の山にいる。

夢に母が現れて囁く。

自由になりなさい。

自由に、自由になりなさい。

3

ラートリーは頻繁にやってきた。再びパズルやら、玩具やらの教育が続けられた。

カイムルは次第に元気を取り戻していった。

単なる退屈より、いろんなことを知るのは面白かった。

やがてラートリーが車椅子で檻の中に入ることに侍女は騒がなくなった。

ラートリーは侍女を入り口に立たせると、カイムルのそばにやってきて、そこから器用に車椅子から滑りおり、カイムルの体にもたれかかった。

世話係も部屋の隅に移動した。

ラートリーはカイムルに小さな声で話した。

「私なんか友人もいない。わかりあえる人もいない。ただのお荷物さ。政略結婚の道具にでもなればまだいいが、そんな話もこない」

「セイラクケコン」

「ん？　ああ、難しい言葉だったね。それはまた教えてあげる。私はね、実は特別な力があるんだ。千里眼」

「なんですかそれは」

「ここにいながらにして、遠方が見える」

よくわからないことをいう。

「だから、わかるんだ。この国はまずいよ」

ラートリーはちらりと、部屋の隅に座っている世話係の女を見た。

今の言葉が聞こえたのかどうか、その無表情な様子ではわからなかった。

「ずっと小さい頃からなんだ」

ラートリーが初めて千里眼の力を発揮したのは五歳の頃だった。

王宮の一室で椅子に座っているときに眩暈《めまい》がした。

次の瞬間、まったく別の場所にいた。

どこか殺風景なところだった。

怨みがましい目をした男が縛られ、兵士に暴行を受けていた。

やがて彼は取り押さえられ、斬首《ざんしゅ》された。

首から噴き出る血。

朦朧《もうろう》とした状態から戻ってくると、王宮の一室だった。開け放された窓からは爽《さわ》やかな早朝の風が吹きこんでいた。

自分の身に何が起こったのか、さっぱりわからなかった。

誰がどこで何のために斬首されたのかも、そもそも見たものが現実なのかどうかもわからない。

五歳の少女は、ただ恐ろしいものが突然見えた、とだけ思った。

その後、定期的に同様の白昼夢を視た。

あるとき大地震の映像を見たことを朝食のときにみなに教えた。

「またおまえの妙な夢か。どんな地震だ」

「火山が噴火したの。そして、大きな火事が起こったの」

二日後の午後には早馬の伝令が、帝国西部の都市で大きな地震が起こり、火山が噴火した報《しら》せをもってきた。

それを機に、ラートリーの白昼夢をみなが注目しはじめた。

ラートリーが洪水を見ればどこかで洪水が起こっており、反乱の映像を見れば、どこかで反乱が起こっていることが確認された。

単なる夢でもなく、また予言でもない。

現在遠くで起こっていることを、ふと見てしまう。世界を統《す》べる皇帝の血を引いているから、そのような遠方のことを知る能力があるのだと噂された。そして不自由な足も、その能力の代償であるかのように語られた。

ラートリーの視る映像のほとんどは、「災害」か「戦争」か「何者かの処刑」に偏っていた。

ラートリーは声を落としてカイムルにいった。

「何千、何万、何十万、何百万の民が、お父様の兵隊に攻めこまれて焼き殺されているんだ。見たくないのに見えてしまう。どこかの誰かが首を斬られる。燃える町や、死体の山も」

カイムルには、少女が何をいっているのかやはりよくわからなかったが、厭なものが見えるということはわかった。

「みなければ」

「自分の意志で〈見ない〉ということはできない。気がつくとその現場に立っている。神のようなものが私にこういっているように思う。見ろ。こういうことが今起こっている。だからおまえはよく見ろ、と」

「こうていいさまはえらいかた」

カイムルの言葉にラートリーは沈黙し、首を横に振った。

「偉い？　ふん。確かにそうだ。富を集める仕組みの一番上にいるのだから。私には何もできない。燃える町を見たって遠くで処刑される寸前の子供を見たって」

ラートリーは呟いた。

「私は一生ここで何もしないで、斬首や火刑や泣き叫ぶ子供の幻を見続けながら死ぬか、いつか王都になだれこんできた暴徒に辱めを受けて殺されるかのどちらかなんだ」

彼女はそこで溜息《ためいき》をついた。両手で床を這《は》うと車椅子にするりと納まる。

侍女が近寄ってくる。

「またくるよ。カイムル」

孤独な皇女が、喋れる獣を相手に気晴らしをしている。

周囲からはそのように見えたのだろう。

二人の時間は邪魔されなかった。

ラートリーがカイムルの背中に乗ると、カイムルは牢の中を歩き回った。

そうしている間に、カイムルはさらに大きくなった。

ある日、ラートリーは囁いた。

「ここを出ていきたいかい？」

カイムルは身を起こし、ラートリーを見た。

なぜそんな質問を？

ラートリーの表情は本気だった。

ラートリーはもう十二歳になっていた。

カイムルは考えた。

果たして出ていきたいのか？

全てを諦《あきら》めて、あまりにも長くここにいた。

もとより、自由選択のあった生ではない。

いきたい場所があるわけでもなく、今更野原で狩りができるかもわからない。

「三日考えて、君の気持ちを私にだけ教えてくれ。もしも出ていく時は私も一緒だ」

切り取られた明かりとりの窓。格子の嵌《は》まった壁。あの恐ろしい部屋の母。頻繁に見る夢。

母が――自由になれ、という夢。

三日後、カイムルは小さな声で、ラートリーに自分の気持ちを告げた。

「わたしは、いけるならば、じゆうにかけずりまわれるところにいきたいです」

「わかった」

## 4

決して実行することのない、願望の話ではなかった。

満月の晩だった。

コロコロ、カタカタと廊下の端から聞こえてくるのは、ラートリーの車椅子のたてる音だ。

その晩、ラートリーの傍らに世話係も、侍女もいなかった。

ラートリーは頭巾《ずきん》で顔を覆い、腰には短剣を差していた。

ラートリーは鍵束《かぎたば》を持っている。

その鍵を使って、錠を開いた。中に入ってくる。

「カイムル」

カイムルはじっとラートリーを見た。

「この夜がくるまでずいぶん時間がかかった」

「ひめさま」

「今晩、決行する。私たちはここを出ていき自由になる」

ラートリーは車椅子からおりると、いつものようにカイムルの体によりかかり、するすると背中に乗った。

首に手綱をつける。

ラートリーはカイムルの首筋にしがみついた。

「ただじっと待っていたって、時間だけが過ぎていく。もう私はそんな風に生きるなら死んだっていいんだ」

通路の先には、衛兵が二人、眠りこけていた。

その前を素早く通過してからラートリーは囁いた。

「眠り薬の入ったお酒を飲ませた。サーラに責任をなすりつけられないように、彼女にはここの仕事の暇《いとま》をだしてある」

階段をおり、アーチ形の出口から外に飛び出す。

夜の風が一人と一匹を包んだ。

外の世界。

自由。

「私のいう通りにいけば抜けられる」

屋根に飛び移り、また次の屋根へ。ラートリーは背中から指示をだしていく。

「捕まれば罰せられる。君は殺されるかもしれない。でも、逃げ切れば自由だ。さ、ここで地上におりて。ああ、向こうだ」

ラートリーは扉が開いた小さな通用門を指す。あらかじめ閂《かんぬき》を抜いて開いておいたのだろう。

「一気に駆け抜けて」

町は三年に一度の祭りで賑わっていた。

そこら中で太鼓や笛が鳴り響いていた。

何千もの提灯《ちょうちん》が並び、あちこちに屋台がでていた。

象や、獅子《しし》や、怪物の面を被《かぶ》った者たちが広場で舞った。

そして本物の象も、着飾り、象使いを背中に乗せて町を練り歩いた。

象使いたちは象の上から紙吹雪を散らした。

カイムルはラートリーを背に乗せて町を駆けた。

松明《たいまつ》を持って歩いている町人が、驚いて尻《しり》もちをついた。

あちこちの寺で、お香が焚《た》かれ、その匂いが通りに漂っている。

群衆が、黒い虎のようなものに跨《また》がった少女を見て叫び声をあげた。

雑踏が真っ二つに裂けて、カイムルとラートリーを通してくれる。

祭りの出し物のひとつと勘違いした人々が、喝采した。
爽快《そうかい》だった。

ラートリーも背中で笑っていた。

カイムルはラートリーに命じられるままに動き、大きな丸屋根の建物から通りを一本隔てた屋根の上にあがった。カイムルは爪と強い前脚の力で、人の背丈の倍ぐらいの塀なら簡単によじ登れた。

ラートリーはカイムルの背中からおりると、屋根に伏してじっと通りの向こうにある大きな丸屋根の建物の入り口を眺めた。

丸屋根の建物の中からは、太鼓や、管楽器、壮麗な音楽が響いていた。

祝賀会、音楽会か、劇のような催しものが開かれているに違いなかった。

やがて演奏が終わり、ざわざわと建物から人が出てきた。

みなめかしこんでいた。女は宝石を身につけ、男たちも綺麗な服を着ている。カイムルの鋭い嗅覚《きゅうかく》は、屋根の上からでも、香水の匂いがわかった。

ラートリーの視線は一点に注がれていた。

輝く白い服を着た若い男だ。

十六か、十七ぐらいの歳で、時々王宮内にも出入りしている貴族の息子だった。

少年と青年の中間ぐらいのその男はにこやかに笑い、傍らの同じぐらい若い女に何かをいう。

胸元や、腕に宝石が見える。

明るく、自信に満ちた気配の持ち主だった。

若い女は、初々しくはにかんだ笑みを浮かべ、若い男の言葉に何か応じる。

それからみなはぞろぞろと建物の前を去っていった。

ラートリーはカイムルの背中でじっと彼らの後姿を見送っていた。

「あのひとはどなたですか」

カイムルはきいた。

「あの人は」

ラートリーは考えながらいった。

「こんな人と、恋をして、一緒にあちこちにいったり、誘ったり、誘われたりしたら、どんなにか毎日楽しいだろうって、私が」

言葉が途切れた。

カイムルは身を伏せたまま続きを待った。

「私が勝手に空想していただけの相手さ。無理なのに。頭の中で、勝手にいつも、そう空想して、自分を慰めていたんだ。もうこの国には戻ってこないから、お別れをいいにきたんだ」

ふいにラートリーは泣いた。

「おかしいね。勝手に思いを膨らませて辛《つら》くなるんだから。もういいんだ。断ち切った。出発しよう」

「しかし、たいせつなひとならおわかれをいわなくていいのですか」

こんなところに隠れている間に、相手はいってしまった。

「お別れならもう済んだ。彼は私のことなんか知らない。彼の心の中に私はいないんだ。私が心の中で別れを告げたからいいんだ。おかしいかい？」

「いいえ、すこしも」

再び駆けると、景色が流れはじめた。

町を抜けると喧騒《けんそう》は消滅した。


後にカイムルはきいた。

「らーとりーさまは、なぜきゅうでんをでようとおもいたったのですか」

それに対するラートリーの答えは「反乱の狼煙《のろし》が見えたから」というものだった。

「侵略、吸収された国は帝都に税金を払いたくない。大規模な反乱軍が組織されていっている。この国はじきに滅びる。父も、兄も、何も見えていない。見たものを話しても通じない。反乱などいつものことだ。それが見えたからといってどうということもない。大きな国では当たり前のことだ、不吉なことをいうな、とこんな風に一蹴《いっしゅう》される。疎んじられるだけだ」

## 5

喋る獣と、少女の旅は二年続いた。

やがてカイムルとラートリーは、城を見つけた。

岬に近い森の中にある石造りの古城だった。

薄曇りの日だった。

城門に兵士の姿はない。

石積みの壁には蔦《つた》が這っていた。

二人が古城に入ると、井戸の近くで、頭に布を巻いた女に出会った。水を汲《く》んだ桶《おけ》がある。

女はカイムルを見るなり、桶を落とした。

「待って。怪しいものではありません」

逃げようとした女の背中に、ラートリーは慌てて声をかけた。

女はいったん止まり、おそるおそるいった。

「その獣は危なくないの？　あなたはいったい？」

「私の名はラートリー。この獣はカイムル」

ラートリーは大丈夫と繰り返した。

「ここはどんなところですか？　城主は」

「城主はいません。というか、ここは二十年前に帝国に蹂躙《じゅうりん》されて、廃墟《はいきょ》になったお城です」

「あなたは？」

「逃亡奴隷」

「逃亡……じゃあ、逃げてきて勝手にここで暮らしているということですか？」

ラートリーがいうと、女は頷いた。

「今度はあなたの番よ。ラートリー。あなたは何者なの？　そして、えっと虎？」

「かいむる」

「喋った？」

「私たちも同じようなものです、帝都から逃げてきて」

「え？　ちょっと待って。喋った？」

「わたしはしゃべれる。なはかいむる」

カイムルの言葉に、女はぽかんと口を開いた。それから笑いだした。

「こんな虎、はじめて見たわ。カイムルって震えるほど素敵《すてき》ね。ここに住んだらいいわ」女はいった。「とりあえずみんなを紹介する」

城には十数名の女たちが住んでいた。

いずれも何らかの理由があってどこかから逃亡してきた者たちだった。

城内の敷地で小さな畑を耕し、自給自足をしていた。

ラートリーは、最初は数日間いるつもりだった。だが、ほっと気が抜けたせいか熱をだしてしまい、続けて大雨の日が続いたために出発は遅れた。いつのまにか、数週間がすぎ、体調が戻っても、畑を手伝ったりしているうちに、季節が変わった。

岬に近い古城は居心地が良かったのだ。

　風の強い日、古城に一人の男が入ってきた。

　身長は二メートルを超しており、横幅も相当なものがあった。左目は青く、右目は白濁していた。髪の毛はちょぼちょぼと生えていたが薄く、顔は傷だらけだった。唇からは涎《よだれ》を垂らしていた。古い革の鎧をきており、腰には錆《さ》びた剣がぶら下がっていた。体全体から箍《たが》の外れた暴力と狂気の気配を発散していた。

「オナゴヲクワセロ」

男は門を抜けた先にある広場で叫んだ。

ちょうどそのとき、広場には数人の女たちがいた。

男はぎょろりと目を動かして、女を物色すると、金縛りにあったかのように静止している一人の女に走り寄り、両肩を摑《つか》んで持ち上げた。

女が叫び声をあげた。ぶら下がった足がばたばたと動く。男は右手で女の首を絞め、その首に嚙みついて血を啜《すす》り始めた。

広場の女たちは呆然としていたが、ひと呼吸おいて、悲鳴をあげながら我先にと城の奥へと逃げ出した。

古城は大騒ぎになった。

めいめいが鍬《くわ》やら、こん棒やら、銅剣やら弓矢やらを持って広場の様子を見にいった。

「見つけてもすぐに逃げるように」

古株の女が命じた。

おそるおそるのぞくと、広場には血の痕《あと》があるだけで誰もいなかった。

男は獲物を手にして引き揚げていったのだ。

「また人喰い鬼がでた」

古株の女がへなへなと地面に座り込んだ。

「また？」ラートリーはきいた。

「もう奴がくるのは四回目なのよ」

最初にその男――人喰い鬼が現れた夏、まだこの古城には数人の男たちがいた。男たちは剣を抜いて人喰い鬼に向かっていったが、あっさりとその場で全員殺されたという。

人喰い鬼は知力が低いが、非人間的な力の持ち主で、男の一人は素手で首を捩《ね》じり切られたという。

人喰い鬼は、男たちを全員殺した後、城内に入っていくと目についた女を肩に担いで門を出ていった。

攫《さら》われた女はもう戻ってこなかった。

それからしばらく人喰い鬼は現れなかった。

あれは一度限りのことだったのか、と次第にみなが思い始めた頃、再び奴は出現した。最初のときと同じように、城内に入ってきて目についた女を攫った。

二度目は剣を抜く者もおらず、もう誰も抵抗できなかった。

跡をつけた者がいたが、追いつけなかった。岬の野原の方へ消えたという。

そしてまた三度目も同じようになった。

行き場所のない女たちはせっかく見つけた古城の暮らしを捨てなかった。

人喰い鬼が現れたら逃げるしかない。一人奪えばそれで帰っていく。そしてしばらくは襲ってこない。人喰い鬼の問題は、毒蛇に嚙まれるとか、虎に襲われるのと同じ、ある種の運命的なことだと思うことにした。

ラートリーは話を聞くと、みなに告げた。

「私が殺してきます」

「まさか、逆に殺される」

ラートリーはカイムルを呼ぶと背に乗った。

「カイムル、臭いをたどれるかい？」

「おえます」

黄昏《たそがれ》時だった。

「すぐに真っ暗になりますよ」誰かが心配そうにいった。

「カイムルは月の光で大丈夫」

そして走りだす。

日が沈むと、岬の草原が風に揺れゴウゴウと音をたてた。

ラートリーは思った。人喰い鬼はもと兵士だ。格好を見ればわかる。おそらく、最初から人喰い鬼だったわけではない。とすれば、彼の出現は、二十年前にこのあたりを侵略し、あの城を廃墟にした自分の父に責任のあることではないか。

なんにせよ、廃墟の女たちはもう戦うことを放棄している。自分がやるしかない。

カイムルは臭いをたどってぐんぐんと進んだ。

やがて野原に黒々と大きく枝を広げたひときわ大きな菩《ぼ》提樹《だいじゅ》のそばに、崩れかけた小屋が現れた。

カイムルはその少し手前で足をとめた。

「らーとりーさま、あそこです」

ラートリーは小声で、様子を見てくる、というと、カイムルの背から滑りおり、匍《ほ》匐《ふく》前進で進んだ。常日頃から使えない足の代わりに両腕を使っているラートリーにとって、匍匐前進は苦になることではなかった。

ラートリーが小屋をのぞくと、床には人骨が散らかっていた。片隅に積み上げられた頭《ず》蓋骨《がいこつ》はざっと見ただけでも数十あり、城だけでなく街道まで遠征して襲っているに違いなかった。今日殺されたばかりの女の身体はねじ折られ奇妙な格好で籠《かご》に放り込まれていた。おそらく後で続きを食べるのだろう。

人喰い鬼は藁《わら》の寝台に横たわり、いびきをかいて眠りこけていた。

ラートリーは王宮から持ってきた短剣を鞘《さや》から抜くと、寝台に乗った。

藁の擦《こす》れる音。床のきしむ音。体重が成人男性の半分もないラートリーはとても静かに動いていたが、怪物は怪物なりに部屋の微妙な気配を察したのか、ねぼけ眼でがばりと上半身を起こし、唸った。

ラートリーは好機とばかりに一切の躊躇《ためら》いなく、人喰い鬼の胸に短剣を突き立てた。

ラートリーは女としては驚くほどの腕力があり、短剣は深く刺さった。

人喰い鬼は跳ねあがった。

小さなラートリーを弾《はじ》き飛ばすと、わめき声をあげながら扉を蹴破《けやぶ》るようにして、外に飛び出していった。

ラートリーも追いかけて外に這いでると、カイムルが寄ってきた。その背に乗る。

野原に案山子《かかし》のように突っ立っている人喰い鬼の姿が目に入った。胸には短剣が刺さったままだ。

人喰い鬼はゆっくりとあたりを見回す。

人喰い鬼はカイムルと、その背に乗ったラートリーを目にとめると、低い声でいった。

「オマエハダレダ」

ラートリーは（カイムルも）答えなかった。

奴が近寄ってきたら逃げるようそっとカイムルに指示をだした。

人喰い鬼は空を見上げた。月光が降り注いでいた。それから呟いた。

「オレハダレダ」

しばらく後に、人喰い鬼は地面に倒れ、そのまま呼吸を止めた。

ラートリーは小屋の傍《そば》にあった斧《おの》を持ってくると、倒れた男の首に振りおろした。

ラートリーは首を拾い上げた。

心配そうなカイムルにいった。

「私が千里眼で見てきた、万《よろず》の死の悲惨さに比べれば、こんなものはなんでもない」

霧の明け方、ラートリーはカイムルの背に乗り、古城へ帰還した。

みながカイムルとラートリーを取り囲んだ。

その手に掴まれた人喰い鬼の生首を見ると、みな沈黙した。

「これでもう大丈夫でしょう」

ラートリーはいった。

女の一人が震え声でいった。

「鬼の生首はどうすればいいですか？」

ラートリーは首を横に振った。

「鬼ではない。人喰いではあるが、ただの気が触れた哀れな男です。城から少し離れた野原に首を埋めてやろうと思う」

一連の騒動から数日後、誰かが「ここの主《あるじ》」を決めるべきだと思う、といいはじめた。

「みんなで集まって、主にふさわしいと思った人に挙手しましょう」

あらかじめ示しあわせていたのかもしれない。古株の女も含めて全員一致で、ラートリーが城主に選出された。

## 6

静かな午後だった。

古城の中庭では猫が昼寝していた。

日陰で揺り椅子に座っていたラートリーはカイムルを呼ぶと背中に手を当てた。

ラートリーは怯《おび》えていた。

その手は震え、額には汗が滲《にじ》み、目はあらぬところを見ていた。

「カイムル。一緒にいてくれ。怖いんだ。怖くてたまらない」

「わかりました」

カイムルはラートリーに身を寄せた。

不意に、ラートリーの手から何かが伝わってきた。

カイムルは目を瞑《つむ》った。

そして、ラートリーの視ている場所へと飛んだ。


カイムルは宮殿前の広場にいた。

だいぶ前に去った帝都である。

大勢の民衆が柵《さく》の外側に集まっていた。

民衆は、カイムルが見えないようで、誰もこの大きな獣を気に留めなかった。

柵の内側には皇帝が引き出されていた。

皇帝の顔は強張《こわば》り、こめかみには筋がたっていた。

その後ろには、縛られ、首に枷《かせ》をつけられた第一皇子および、十数名の皇族が並んでいた。皇子の顔は殴られたのだろう、腫《は》れあがっていた。

カイムルが顔を知る者ばかりだった。

膨れあがった大規模な反乱軍が、帝都を攻め落としたのだ。

罵声《ばせい》があちこちから飛んでいた。

カイムルはすぐそばにラートリーを見つけた。ラートリーは地面に座っていた。ラートリーはするりとカイムルの背に登った。

やがて皇帝は台の上に乗せられ、杭《くい》に縛られた。

杭の下には薪が積まれている。

不意に、皇帝の視線が、カイムルとラートリーにとまった。

もちろん、周囲の誰にも見えてないのだから、皇帝にだって見えていないはずだと思ったが、皇帝はじっとラートリーを凝視すると、そこで微《かす》かな笑みを浮かべた。

――そうか、おまえたちは、どこかで生きているのか。うまくやっていけよ。

カイムルは、皇帝がそんな風にいっているような気がした。

炎が放たれる。

煙、熱、広がる炎。

全てが終わると、世界が戻ってきた。

積乱雲が太陽を隠し、薄暗くなる。すぐ近くの梢《こずえ》で、小鳥が囀《さえず》っている。蜜蜂が旋回して去っていく。

ラートリーの揺り椅子がきしむ音がする。

カイムルが見上げると、ラートリーの目に涙が浮かんでいた。

「ぼくもみました」―

カイムルは小さくいった。もちろん、いわなくても、彼女はわかっていた。二人は同じ経験を共有していた。

「ありがとう。カイムル。そばにいてくれてありがとう」

それから十日ほど遅れて、馬で一日の距離にある市場から戻ってきた女たちが、報せをもってきた。

反乱軍の勝利で、帝都は、数十万の兵に取り囲まれ、皇帝とその一族が火刑に処されたという。この話で、もっぱら市場はもちきりだったという。

ラートリーは静かにその報せを聞いていた。

そしてまた月日が流れた。

カイムルとラートリーの絆は最後まで変わることはなかった。

ある夏の夜明け前、カイムルは目を覚ます。

老体になってから、駆け回るよりも眠る時間が増え、落ちついてじっとしていることのほうが多くなったが、その朝は違った。

生気が漲《みなぎ》っていた。

建物の外にでると、しんと静まっていた。

誰かが背中に乗る。

カイムルは懐かしいその人物のことをすぐに思い出す。

遠い昔、熱病で去っていってしまった大切な人。いつも一緒にいた人。その人は去ってもなお、人々の口にのぼり、今や数百人に増えた城の連中が〈偉大な女神〉と崇《あが》めるようになった人物だ。

——カイムル。

——らーとりーさま。

彼女はどこからか戻ってきたらしい。以前よりも軽い。

——さあ、出発しよう。

懐かしい声にカイムルの心は浮きたつ。

道の先から風が吹いていた。

嬉しくなって地面を蹴りだすと、信じがたいほどの速さだった。やがてカイムルとラートリーは透明な一陣の風と化した。

# 解説

東《ひがし》雅《まさ》夫《お》（アンソロジスト）

本書『無貌の神』は、著者が怪談専門誌「幽」（メディアファクトリー→KADOKAWA）の第十九号（二〇一三年八月）から第二十五号（二〇一六年六月）まで（第二十三号のみ休載）連載した作品六篇をまとめた短篇集である。単行本は二〇一七年一月にKADOKAWAから刊行されている。

「幽」での連載には、本書に先立ち〈沖縄怪談〉と銘打たれた連作短篇集『私はフーイー』（二〇一二年／角川ホラー文庫版のタイトルは『月夜の島渡り』）があったが、こちらは特に連作的な縛りを設けることなく、持ち前の奔放不羈《ふき》なる奇想があふれ出るがまま書かれていて、あたかもファンタジーからホラーまで融通無碍《ゆうずうむげ》に千変万化する恒川ワールドの万華鏡のごとき様相を呈している。

実際、当時「幽」編集長を務めていた私は、担当編集者の次に新たな連載原稿をいち早く読めるという嬉しい特権を行使していたわけだが、本当に毎号、次はどんなテーマ、どんな趣向で来るのか、愉《たの》しみでならなかった。

そういえば、新連載の劈頭《へきとう》を飾った「無貌の神」というタイトルを見て、『クトゥルー神話大事典』の著者である私は、おお、とうとう恒川光太郎がクトゥルー神話小説に進出するのか！　イア！　イア！　と、歓喜の雄叫《おたけ》びを挙げて編集部の人たちから奇異の目で見られたものだが（〈無貌の神〉はクトゥルー神話の人気邪神ナイアルラトホテップの異称のひとつ……って、マニアックでどうもすいません）これは当方の早合点であった。

　とはいうものの、いずことも知れぬ時空を超えた集落に鎮座し、時に人を治癒し時に人を喰らう顔のない神という卓抜な着想といい、そこに隠された意想外にして残酷極まる真相といい、神話固有のアイテムこそ登場しないが、これはクトゥルー神話の開祖ラヴクラフトが提唱した〈宇宙的恐怖《コズミック・ホラー》〉の精神と、大いに相通ずる作品であると舌を巻いた次第。

　続く「青天狗の乱」は一転して、なんと伊豆の流人島を舞台とした堂々たる時代小説である。

　交易船の船乗りのかたわら、江戸に残された流刑者の縁者から頼まれた差し入れを届ける副業にいそしむ語り手。あるとき、〈天狗に似ているが、天狗ともいいきれない〉化け物の面を託される。ただの天狗ではなく、天狗に似た化け物の面という故意に曖昧《あいまい》にした表現が実に効果的で、後半の展開に巧《うま》く活かされている。

三番目の「死神と旅する女」においても、冒頭の〈どうどうと、生温かい風が吹く日だった〉〈十二歳の少女フジは両傍《はた》に躑躅《つつじ》の咲く道を歩いていた〉と続くくだりからして、驚くべき用意周到さだ。

何故なら、〈どうどう〉は宮沢賢治『風の又三郎』（後述の「廃墟団地の風人」にも言及がある）における、あの名高い〈どっどど　どどうど　どどうど　どどう〉を経由して、柳田國男《やなぎたくにお》『遠野物語』の〈サムトの婆〉のエピソード（神隠しに遭った娘が風の強い日に戻ってくる）を召喚し、〈躑躅の咲く道〉もまた、神隠しを描いて鮮烈な泉鏡花の小傑作「龍潭譚」を否応なく連想させるからだ。

恒川作品の文体が、まったくといってよいほど奇を衒《てら》わず、常に平明かつ明晰《めいせき》でありながら、読む者にたいそうなまなましく、異界の感触と消息を伝えて余りある秘密の一端は、おそらくは、こうしたさりげなく濃《こま》やかな措辞のうちにひそめられているに違いない。

さるにても、本篇の唐突すぎて愕然《がくぜん》とする幕開けから、余情纏綿《てんめん》たる幕切れまで、一貫してみなぎる心地よい疾走感は、何とも素晴らしくて一読陶然とさせられる。これぞ、デビュー直後の大傑作「風の古道」（『夜市』所収）や、近年の「風天孔参り」（『異神千夜』所収）などと並ぶ神隠し小説の新機軸であり、異界小説の名手の真骨頂だろう（いずれもキイワードが〈風〉であることに留意）。

一方、「十二月の悪魔」に描かれる異界は、カフカの流れを汲《く》むかのような、不条理で閉塞《へいそく》的で、アイデンティティ・クライシスの陥穽《かんせい》に満ちた、一瞬たりとも油断のならない世界である。令和日本の現状を踏まえて読むと、よりいっそう身につまされるような……。

恒川氏には、一風変わった幽霊譚の佳品も少なくないが、「廃墟団地の風人《かぜびと》」もまた（これまた風！）、ひねりの利いた心霊スポット小説であり優霊物語《ジェントル・ゴースト・ストーリー》であって、孤独な少年たちの幽冥界《さかい》を隔てた交感と友情の物語として、忘れがたい余韻を残すことだろう。

さて、かくして本書の掉尾《とうび》を飾る屈指の名作「カイムルとラートリー」がやってくる。

発表順では三番目に書かれた作品だが、あえて巻末に据えられたことからみても著者自身、並々ならぬ自負があるのではないかと察せられる。

〈ラートリー〉とは、古代インドにおける夜の女神の名であり、本篇の舞台も明示こそされていないものの古代インドを前提に考えてよかろう。

人語を解する神秘的な〈崑崙虎《こんろんどら》〉の愛らしさや健気《けなげ》さ。下半身の不自由な姫君との運命的出逢い――この作品には、現代日本において稀有《けう》なる物語の語り部というべき恒川氏の美質が十全に発揮され、まさしく神話的な高みへと達しているように、思えてならない。とりわけ恒川文学の真髄たる無量の遥けさの感覚を喚起せずにおかない幕切れの素晴らしさよ……（またもや凪！）。

掲載号の校了時、編集者として、傑作を世に出す歓《よろこ》びにふるえたことを懐かしく想い出す。

かくして本書に収められた粒選《よ》りの六作品は、ひとつとして同じ傾向の作品がなく、変幻自在な恒川作品が有するさまざまな特質を湛《たた》えて比類がない。

恒川光太郎という唯一無二の作家の多面的な魅力を一巻に集約した作品集として、ファンはもとよりビギナーにも最適な書であると信ずる。

ちなみに私は「幽」の前に「幻想文学」という雑誌の編集長だったわけだが、二〇〇五年、第十二回の日本ホラー小説大賞授賞式の挨拶で、恒川氏がみずからに影響を与えた雑誌として、同誌の名を挙げたときの望外の感激は、今に忘れがたい（もっとも私は所用で遅刻をして、肝心の瞬間には立ち合えなかったのだが。ああ痛恨）。

あれから十五年余が経ち、あのときの若者が、こうして現代幻想文学の新たな可能性を追求する活躍を続けていることに、心からなる称讃とエールをおくりたいと思う。

二〇二〇年三月

本書は、二〇一七年一月に小社より刊行された単行本を加筆修正のうえ、文庫化したものです。

# 無《む》貌《ぼう》の神《かみ》

恒《つね》川《かわ》光《こう》太《た》郎《ろう》


令和2年 4月25日　初版発行
令和6年 12月10日　9版発行

発行者●山下直久

発行●株式会社KADOKAWA
〒102-8177　東京都千代田区富士見2-13-3
電話　0570-002-301（ナビダイヤル）

角川文庫 22131

印刷所●株式会社KADOKAWA
製本所●株式会社KADOKAWA

表紙画●和田三造





●お問い合わせ
https://www.kadokawa.co.jp/（「お問い合わせ」へお進みください）
※内容によっては、お答えできない場合があります。
※サポートは日本国内のみとさせていただきます。
※Japanese text only





ISBN 978-4-04-109424-2　C0193


◆◇◇

# 角川文庫発刊に際して

角川源義

第二次世界大戦の敗北は、軍事力の敗北であった以上に、私たちの若い文化力の敗退であった。私たちの文化が戦争に対して如何に無力であり、単なるあだ花に過ぎなかったかを、私たちは身を以て体験し痛感した。西洋近代文化の摂取にとって、明治以後八十年の歳月は決して短かすぎたとは言えない。にもかかわらず、近代文化の伝統を確立し、自由な批判と柔軟な良識に富む文化層として自らを形成することに私たちは失敗して来た。そしてこれは、各層への文化の普及滲透を任務とする出版人の責任でもあった。

一九四五年以来、私たちは再び振出しに戻り、第一歩から踏み出すことを余儀なくされた。これは大きな不幸ではあるが、反面、これまでの混沌・未熟・歪曲の中にあった我が国の文化に秩序と確たる基礎を齎らすためには絶好の機会でもある。角川書店は、このような祖国の文化的危機にあたり、微力をも顧みず再建の礎石たるべき抱負と決意とをもって出発したが、ここに創立以来の念願を果すべく角川文庫を発刊する。これまで刊行されたあらゆる全集叢書文庫類の長所と短所とを検討し、古今東西の不朽の典籍を、良心的編集のもとに、廉価に、そして書架にふさわしい美本として、多くのひとびとに提供しようとする。しかし私たちは徒らに百科全書的な知識のジレッタントを作ることを目的とせず、あくまで祖国の文化に秩序と再建への道を示し、この文庫を角川書店の栄ある事業として、今後永久に継続発展せしめ、学芸と教養との殿堂として大成せんことを期したい。多くの読書子の愛情ある忠言と支持とによって、この希望と抱負とを完遂せしめられんことを願う。

一九四九年五月三日

# 角川文庫ベストセラー

## ふちなしのかがみ　辻村深月

冬也に一目惚れした加奈子は、恋の行方を知りたくて禁断の占いに手を出してしまう。鏡の前に蠟燭を並べ、向こうを見ると――子どもの頃、誰もが覗き込んだ異界への扉を、青春ミステリの旗手が鮮やかに描く。

## きのうの影踏み　辻村深月

どうか、女の子の霊が現れますように。おばさんとその子が、会えますように。交通事故で亡くした娘を待ちわびる母の願いは祈りになった――。辻村深月が〝怖くて好きなものを全部入れて書いた〟という本格恐怖譚。

## 怪談稼業　侵蝕　松村進吉

徳島で建設業に従事する著者の日常と、体験者に聞き取り取材をした怪談が妖しく交差する土着的怪談実話集。怖いと感じることそれ自体を深く見つめることで、怪異の恐ろしさがぞくりとにじみ出る9篇を収録。

## 粘膜探偵　飴村行

威圧的な父親に反抗し、トッケー隊に入隊した14歳の鉄児は、偶然ある事件に遭遇し、奇妙なことに気づく。密かに捜査に乗り出した彼は驚愕の真相にぶちあたる……狂気が加速し、読む者の理性を抉り取る問題作!!

## D坂の殺人事件　江戸川乱歩

名探偵・明智小五郎が初登場した記念すべき表題作を始め、推理・探偵小説から選りすぐって収録。自らも数々の推理小説を書き、多くの推理作家の才をも発掘してきた大乱歩の傑作の数々をご堪能あれ。

# 角川文庫ベストセラー

## おそろし
三島屋変調百物語事始

宮部みゆき

17歳のおちかは、実家で起きたある事件をきっかけに心を閉ざした。今は江戸で袋物屋・三島屋を営む叔父夫婦の元で暮らしている。三島屋を訪れる人々の不思議話が、おちかの心を溶かし始める。百物語、開幕！

## あんじゅう
三島屋変調百物語事続

宮部みゆき

ある日おちかは、空き屋敷にまつわる不思議な話を聞く。人を恋いながら、人のそばでは生きられない暗獣〈くろすけ〉とは……宮部みゆきの江戸怪奇譚連作集「三島屋変調百物語」第2弾。

## 泣き童子
三島屋変調百物語参之続

宮部みゆき

おちか1人が聞いては聞き捨てる、変わり百物語が始まって1年。三島屋の黒白の間にやってきたのは、死人のような顔色をしている奇妙な客だった。彼は虫の息の状態で、おちかにある童子の話を語るのだが……。

## 過ぎ去りし王国の城

宮部みゆき

早々に進学先も決まった中学三年の二月、ひょんなことから中世ヨーロッパの古城のデッサンを拾った尾垣真。やがて絵の中にアバター（分身）を描き込むことで、自分もその世界に入り込めることを突き止める。

## SF JACK

新井素子、上田早夕里、冲方丁、小林泰三、今野 敏、堀 晃、宮部みゆき、山田正紀、山本 弘、夢枕 獏、吉川良太郎
編／日本SF作家クラブ

SFの新たな扉が開く!! 豪華執筆陣による夢の競演がついに実現。物語も、色々な世界が楽しめる1冊。変わらない毎日からトリップしよう！